文庫書下ろし／長編時代小説

# 一命

鬼役 十六

坂岡 真

光 文 社

この作品は光文社文庫のために書下ろされました。

目次



※巻末に鬼役メモあります

## 幕府の職制組織における鬼役の位置

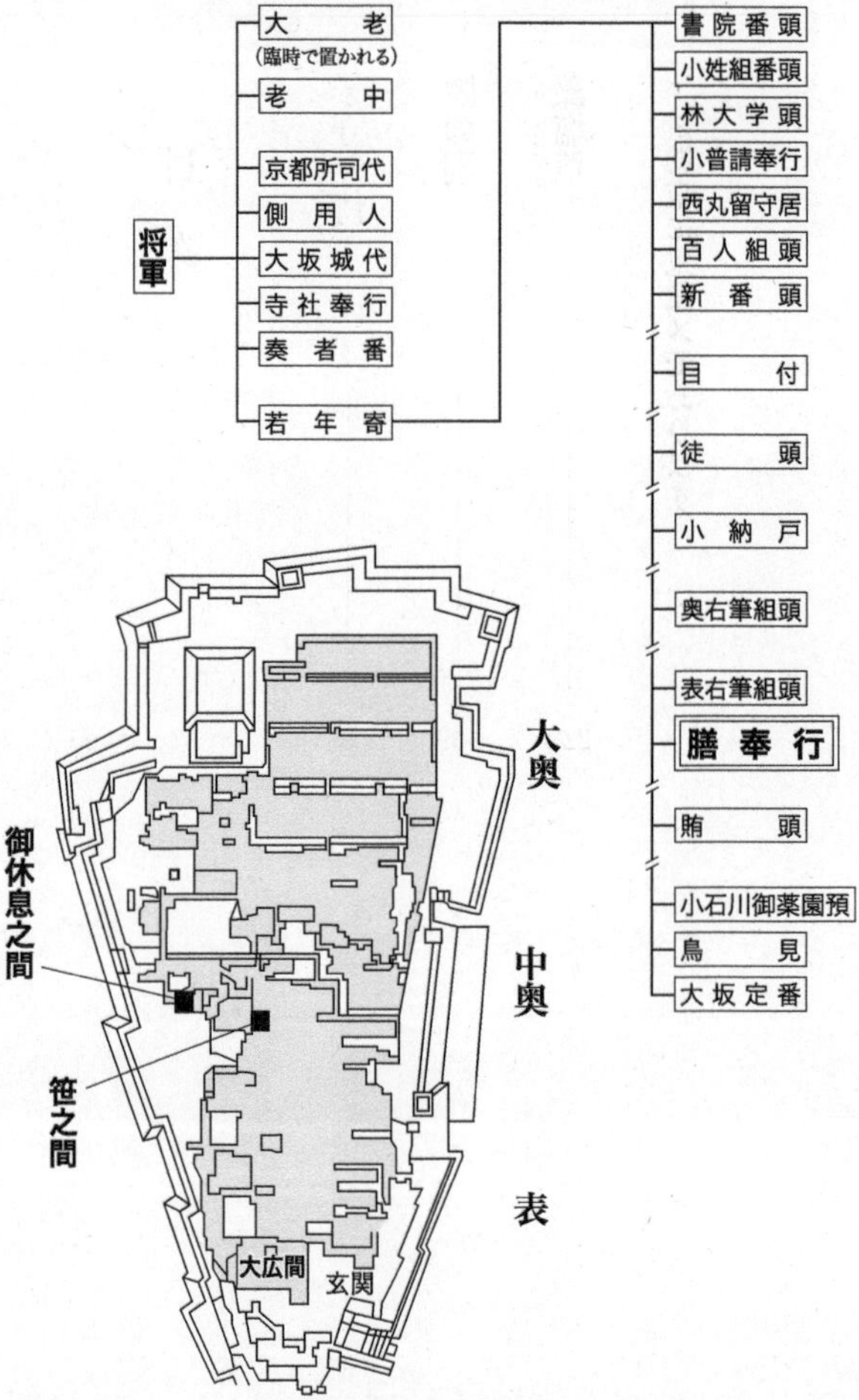

# 鬼役はここにいる！

★御休息之間御下段：将軍が食事をとる場所。毒味が終わると食事はここへ運ばれる。

◆笹之間：御膳奉行、つまり鬼役が毒味を行う場所。将軍の食事場所に近い。

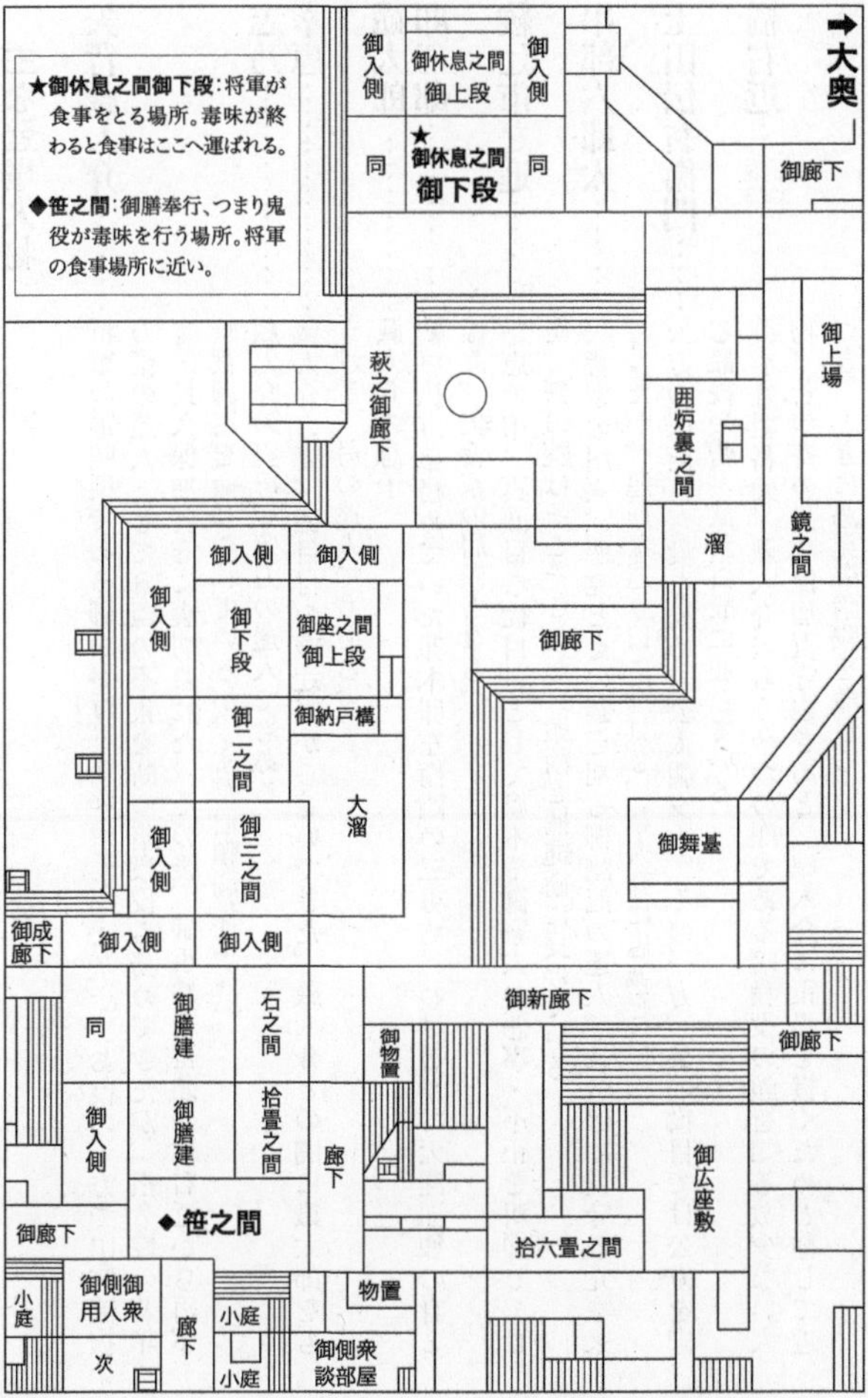

# 主な登場人物

矢背蔵人介……将軍の毒味役である御膳奉行。またの名を「鬼役」。お役の一方で田宮流抜刀術の達人として幕臣の不正を断つ暗殺役も務めてきたが、指令役の若年寄・長久保加賀守に裏切られた。その後、御小姓組番頭の橘右近から再び暗殺御用を命じられているが、まだ信頼関係はない。

志乃……蔵人介の養母。薙刀の達人でもある。

幸恵……蔵人介の妻。徒目付の綾辻家から嫁いできた。蔵人介との間に鐵太郎をもうける。弓の達人でもある。

鐵太郎……蔵人介の息子。

卯三郎……納戸払方を務めていた卯木卯左衛門の三男坊。わけあって天涯孤独の身となり、矢背家の居候となる。

綾辻市之進……幸恵の弟。真面目な徒目付として旗本や御家人の悪事・不正を糾弾してきた。剣の腕はそこそこだが、柔術と捕縄術に長けている。

串部六郎太……矢背家の用人。悪党どもの臑を刈る柳剛流の達人。長久保加賀守の元家来だったが、悪逆な遣り口に嫌気し、蔵人介に忠誠を誓う。

土田伝右衛門……公方の尿筒持ち役を務める公人朝夕人。その一方、裏の役目では公方を守る最後の砦。武芸百般に通じている。

橘右近……御小姓組番頭。蔵人介のもう一つの顔である暗殺役の顔を知る数少ない人物。若年寄の長久保加賀守亡きあと、蔵人介に正義を貫くためと称して近づき、ときに悪党の暗殺を命じる。

# 鬼役 十六

# 一命

# 子守り侍

## 一

江戸城大広間、八朔《はっさく》御礼。

白帷子《しろかたびら》を纏《まと》って祝いに集った諸侯は、公方家慶《くぼういえよし》の発したことばに凍りついた。

「政之助は頼りない。跡目《あとめ》のことは白紙にせんと……」

欲するのか欲しないのか、肝心な末尾の台詞《せりふ》は刀持ちの小姓《こしょう》も聞きとることはできなかった。が、いずれにしろ、天下を治める今将軍がおおやけの席で「跡目のこと」を口にしただけでも驚きを禁じ得ない。

これは世嗣《せいし》政之助が胃の腑《ふ》の痛みを訴えて参じなかったことへの苦言であった。

十六になった世嗣ばかりか、御年六十七を数える大御所家斉《いえなり》も風邪をこじらせたとかで寝込んでいる。たいせつな祝いの席に顔をみせぬふたりを不甲斐ないとおもうあまり、公方の口から漏れた本音のようにも感じられた。

それにしても不用意すぎる物言いだと、毒味役の矢背《やせ》蔵人介《くらんどのすけ》はおもった。

なるほど、政之助は頼りない。幼いころから病がちで乳母《めのと》にしか心を許さず、痘痕《あばた》の残る外見を気にして人前に出たがらない。父の家慶にとっても心配の種にはちがいなかろうが、唯一早世《そうせい》を免《まぬか》れた男児にほかならず、長子相続という徳川宗家の慣例に照らせば政之助以外の世嗣は考えにくかった。

「千振《せんぶり》でも煎じて呑ませておけ」

家慶が怒りにまかせて発したことばは、奥医師の控え部屋ばかりか、大釜を設《しつら》えた御膳所や毒味役の控える笹之間《ささのま》にも聞こえてきた。

蔵人介は鬼役とも呼ばれる毒味役であると同時に、幕臣随一の剣客と評されている。それがゆえに、御小姓組番頭《おこしょうぐみばんがしら》の橘《たちばな》右近《うこん》から「武者隠《むしゃかくし》に控えよ」と命じられた。後之間の隅にある釘隠の隙間から覗けば、下段のまんなかに座る公方家慶の様子も二之間に平伏《ひれふ》す諸侯の反応も手に取るように把握できた。

蔵人介以上に眉をひそめているのは、諸侯の最前列に居並ぶ御三家の殿様たちだ。すなわち、尾張《おわり》家第十二代当主の斉荘《なりたか》、紀州《きしゅう》家第十一代当主の斉順《なりゆき》、そして水戸《みと》家第九代当主の斉昭《なりあき》である。

斉荘は大御所家斉の十二男で御年三十、斉順は同七男で三十九、ふたりとも家慶の異母弟にあたるせいか、顎長の面付きがどことなく似ていた。一方、斉昭は在位十一年目の四十にして、水戸領内の改革を強力に推しすすめている。聡明で覇気《はき》に溢れ、官位で優るふたりよりも立ち居振るまいが堂々としており、水野忠邦《みずのただくに》を筆頭とする幕閣の重臣たちからも一目置かれていた。

公方家慶も血の濃い異母弟たちよりも、三十まで部屋住みの悲哀を味わった斉昭のほうに親しみを感じている。理由は明白で、みずからも二年前まで「部屋住み」のもどかしさを味わっていたからだ。四十七で公方の地位にある今も、西ノ丸に根を張る大御所家斉の威光は衰えを知らない。対面する三人の名から「斉」の偏諱《へんき》を消したいほどの恨みを抱いているに相違なかった。

端《はた》から眺めていても、家慶の苛立ちは伝わってくる。

父の死をあからさまに望むすがたは、城内にさざ波を立てる要因のひとつにもなっていた。

「要之丞《ようのすけ》、尾張の水には慣れたか」

水を打ったような静けさのなかに、突如、公方の疳高《かんだか》い声が響いた。

幼名で呼ばれた尾張家当主の斉荘は返答もできない。

みかねた隣の斉昭が「恐れながら、お国入りはいまだ」と応じた途端、家慶は胸を反らして笑いあげた。

「くはは、わかっておるわ」

斉荘の異母弟でもあった先代斉温《なりはる》が逝去してから、まだ五ヶ月と経っていない。御三卿田安《たやす》家の当主から横滑りで襲名したばかりの斉荘が尾張へ向かうのは、早くとも一周忌を済ませたあとのはなしになろう。それくらいは、家慶もわかっている。

「直七郎《なおしちろう》は二十一で逝去するまでの十二年間、尾張領内に一度たりとても足を踏みいれず、市《いち》ヶ谷《や》の上屋敷に籠《こ》もりつづけた。数百羽の鳩を飼いおって、上屋敷の屋根は鳩の糞で真っ白になるほどであったとか。のう、おぬしの異母弟は領民から搾りとった年貢で鳩の餌を買っておったのじゃ。かような当主が尾張に二代もつづけば、満天下へのしめしもつくまいて」

「へへえ」

畳に額《ぬか》ずく斉荘のすがたは、哀れというよりも滑稽だった。

緊張のあまり、顎を小刻みに震わせている。

蔵人介の目には、身に纏う白帷子が切腹の際に着る死に装束にすらみえた。

なるほど、若くして亡くなった先代の直七郎こと斉温は鳩好きで、風変わりなところはあったものの、学問を奨励する心優しい殿様だったと噂には聞いている。生まれつき病弱ゆえにお国入りできず、実子にも恵まれなかった。したがって、跡目相続は難航するであろうと、誰もが予想していた。

ところが、幕府は電光石火のごとく、斉荘の養子縁組を決めてしまったのである。斉温の喪が発せられた弥生《やよい》二十六日、幕府は水野忠邦ほか一名を上使《じょうし》に立てて市ケ谷の尾張邸へ使わし、重臣たちにたいして田安家当主の斉荘を末期《まつご》養子として家督《かとく》を継がせるように命じた。田安家からは家老や用人格が随従《ずいじゅう》することも合わせて命じたが、この寝耳に水のごとき取りきめは尾張家の家臣団から激しい反発を招いた。

なぜなら、二代つづきの押しつけ養子となったからだ。

先代斉温の襲名で血統の断絶《だんぜつ》を余儀なくされて以来、家臣団の宿願は「尾張家初代義直《よしなお》公の血統を復活させること」にほかならず、そのためには「支藩である美濃《みの》高須《たかす》藩から後継者を迎えるべし」との声が大勢を占めていた。

当然のごとく、幕府は聞く耳を持たなかったものの、尾張家付家老《つけがろう》の竹腰正富《たけのこしまさとみ》は家臣たちの説得に手間取り、江戸在府の付家老である成瀬正住《なるせまさずみ》にいたっては説得を怠った罰として蟄居《ちっきょ》を命じられた。

そうした鬱陶《うっとう》しい内紛の経緯《いきさつ》も公方の耳にはもたらされており、それがために皮肉を吐くのであろう。

毒味をおこなった蔵人介しか知らぬことだが、朝餉《あさげ》の膳では御酒を三合ばかり呑んでいた。目の上のたんこぶである大御所が隣におらぬのをよいことに、日頃の鬱《うっ》憤《ぷん》を晴らそうとしているのかもしれない。ともあれ、小莫迦にした口振りで幼名を呼ばれつづける斉荘が哀れに感じられてならなかった。

「要之丞よ、八朔に何故白帷子を纏うのか存じておるか。それはな、初心に帰るべしとの戒《いまし》めじゃ」

八朔になると、全国津々浦々の領民たちは稲の実りに感謝しつつ、刈りとった初穂を神棚に捧げる。

「『田の実』の節句は『頼み』とも言うてな、武家においても日頃から頼みにおもうている方々に謝意をしめさねばならぬ。御三家ならびに諸侯が謝意をしめすべき相手は誰じゃ。徳川宗家《そうけ》であろう。宗家の意向に逆らうは、神仏をも畏《おそ》れぬおこないじゃ。さような悪《あ》しき心根《こころね》は正さねばならぬ」

「へっ、へへえ」

平伏す御三家筆頭の当主を、家慶は大上段から睨《ね》めつける。

「当主からまず襟《えり》を正し、範《はん》をしめさねばなるまい。さっそく、夕餉の膳から尾頭付きを廃すのじゃ。家臣たちには奢侈《しゃし》の禁を徹底せよ。あれこれ文句を垂れる輩《やから》には縄を打ち、説諭の余地なくば切腹をも命じる覚悟でのぞむのじゃ。要之丞よ、聞いておるのか、鯉《こい》のように口をぱくつかせおって。ふん、御濠《おほり》を泳ぐ鯉のほうが、まだましな顔をしておるわ」

「へへえ」

いつになく雄弁に語る公方の口からは、毒のある台詞がぽんぽん飛びだしてきた。

しかしながら、箍《たが》の弛《ゆる》んだ諸侯の目を醒《さ》まさせる効果はあったようだ。

壁ひとつ隔てて控える蔵人介ですら、額に脂汗《あぶらあせ》が滲《にじ》んだほどである。

直々に説諭された斉荘の心境は推して知るべしであろう。

やがて、御礼の儀は終わり、公方家慶は何事もなかったかのように席を立った。

御三家の殿様たちは平伏して見送ったあともことばを交わさず、それどころか、たがいに顔を合わせようともせずに退席していった。

徳川の行く末を案じたのは、蔵人介だけではあるまい。

二百年のときが経ち、上に立つ者が代替わりすれば、堅固《けんご》な絆にもおのずと綻《ほころ》びは生じてくる。致し方のないことだとしても、御三家には鉄の結束をもって宗家を支えつづけてほしかった。

無論、さような本音を顔に出す蔵人介ではない。

一介の毒味役がなすべきは、徳川の世を憂うことでもなければ、声高に天下国家を語ることでもなく、与えられた役目を粛々《しゅくしゅく》とこなすこと以外にはなかった。

もっとも、課された役目は毒味だけではない。

上役の橘に命じられれば、暗殺御用も厭《いと》いはせぬ。

どれだけ身分の高い相手であっても、非があると確信したあかつきには一片の躊躇《ちゅうちょ》もなく断罪する。

その覚悟が揺らいだときは退《ひ》け時かもしれぬ。

などと、蔵人介は武者隠の内で埒《らち》もないことを考えていた。

二

二日後。

颱風《たいふう》一過の御濠端に、紫苑《しおん》の花が咲いている。

市ヶ谷御門を潜ると、御濠の水面に金色の飛沫《しぶき》が煌《きら》めいた。

「主《ぬし》か」

眩《まぶ》しげに見下ろせば、黄金の鱗《うろこ》を纏った鯉が悠々と泳いでいる。

家慶が斉荘に向かって吐いた「御濠を泳ぐ鯉のほうが、まだましな顔をしておるわ」という台詞をおもいだし、おもわず、苦笑してしまう。

蔵人介は夏のような日射しに照らされながら、御濠端をのんびり歩きはじめた。

するとそこへ、怒声が聞こえてきた。

「待てこら、待たぬか」

左手の左内《さない》坂だ。

小童《こわっぱ》が駆けおりてくる。

六尺棒を掲げたふたりの番士《ばんし》が血相《けっそう》を変え、薄汚い小童の背中を追いかけていた。

「おや」

番士たちの顔には、みおぼえがある。

左内坂に沿って聳《そび》える尾張邸の門番にまちがいない。

蔵人介は裾を捲《まく》り、小童の行く手に立ちふさがった。

「退《ど》け、退きやがれ」

小童は真っ赤な顔で喚《わめ》き、頭から突っこんでくる。

手にはどうしたわけか、百日紅《さるすべり》の枝を持っていた。

纏う着物は粗末だが、髪の結い方から推すと侍の子であろう。

「おっと」

頭突きを躱《かわ》し、小童の後ろ襟を摑《つか》む。

「放せ、この野郎」

腕をまわして暴れるので、羽《は》交《が》い締《じ》めにしてやった。

追っ手の番士たちが、息を切らしながらやってくる。

「……か、かたじけない。その小童をお渡しくだされ」

「渡すのは吝《やぶさ》かでないが、いったい何をしでかしたのだ」

「そやつの手にあるものをご覧くだされ。不届きにも、わが尾張家の御庭に咲いた百日紅を盗んだのでござる」

小童は眸子《まなこ》を怒らせ、口をへの字に曲げた。

強情ぶりがえらく気に入ったので、しばらく粘ってみることにする。

「貴藩の塀のうえから百日紅が長々と枝を伸ばしておるのは存じておった。あれほど高い塀に、どうやってよじ登ったのであろうか」

「梯子《はしご》を使ったのでござるよ」

「なるほど。しかし、何故、百日紅の枝を折ったのであろうな」

「貧乏長屋の洟垂《はなた》れどもが、従前《じゅうぜん》より狙いを定めておりました。表門から死角になっておるのを見越したうえで、礫《つぶて》を投げたり、鳥もちの棒で突っついたり、誰が枝を折るか競っていたようでござりましてな。それだけではござらぬ。馬場の馬小屋に忍びこみ、馬の尻尾の毛を抜いて逃げた小僧もおりました」

「ふはは、拙者にもおぼえがある。尻尾の毛は釣り糸として使うのだ。長屋住まいでなくとも、洟垂れとはみなそうしたもの。できそうもない難題に挑むのが楽しいのだ。まあ、所詮《しょせん》は子どもの遊びゆえ、大目にみておあげなさい」

番士のひとり、小肥りのほうが前歯を剝《む》いた。

「子どもの遊びとは申せ、見過ごすことはできませぬ。何せ、わが殿がたいせつにお育てになった百日紅ゆえ、塀によじ登って折られたうえに盗まれたとあれば、われわれ門番の面目《めんぼく》が立ちませせぬ」

「面目が立たぬなら、どういたす。この子に縄を打って晒《さら》し者にでもするつもりか。それこそ、大人気ないとの誹《そし》りを受けよう」

「されど、われわれの面目が」

「安っぽい面目など、溜池《ためいけ》にでも捨てればよい。拙者が厳しく説いて聞かすゆえ、ここはひとつ任せてくれまいか」

「そうはまいらぬ」

小肥りが腰を落とし、刀の柄《つか》に手を添える。

ひょろ長いもうひとりの番士が、慌てて止めた。

「待て。こちらはおそらく、矢背蔵人介さまじゃ」

「えっ、誰じゃそれは」

「知らぬのか。公方さまの鬼役さまじゃ。五年前、ご先代の御前で長手助左衛門《ながてすけざえもん》さまと互角に渡りあったお方よ。わしはそのとき遠目に眺めておったが、掌《て》に汗を握るほどの申しあいであったぞ」

小肥りは目を丸くさせる。

「長手さまは尾張柳生《やぎゅう》の大先生じゃ。互角に渡りあえる御仁がこの江戸におるとはおもえぬ。おぬしの申すことがまことなら、わしらはとんでもないお方と口をきいておることになるぞ」

「それほど疑うなら、お聞きしてみよ。そちらのお方が矢背蔵人介さまかどうか」

あらためて問われるまでもなく、うなずいてみせると、腕から抜けだした小童が好奇の眸子を爛々《らんらん》とさせた。

ひょろ長い番士がお辞儀をする。

「ご無礼つかまつりました。矢背さまのご助言ならば、上の者に言い訳も立とうと申すもの。されば、われわれはこれにて。その洟垂れにはきつく灸《きゅう》を据えてくだされ」

「約束しよう」

ふたりの番士は去っていった。

小童は逃げだす素振りもみせない。

「おっちゃん、そんなに強《つえ》えのか」

と、生意気な顔で口を尖らす。

「そうでもないさ」

照れたように応じて歩きだすと、小童も従《つ》いてきた。

蔵人介は足を止め、首をかしげてみせる。

「ところで、その百日紅を何処へ持っていく」

「長屋の洟垂れどもにみせるのさ」

「ふっ、おぬしも洟垂れであろうが」

「ちがわい」

同じ長屋に住む洟垂れどもに「根性無しにはできぬだろう」と、散々からかわれた。それゆえ、尾張藩邸から百日紅を盗んできたのだという。

「こいつをみせれば、茄子《なす》の鴫《しぎ》焼きを貰えるのさ」

「ふうん、美味そうだな」

茄子を縦半分に割ったものを田楽《でんがく》刺しにして炙《あぶ》り、味噌だれを付けて賞味する。

「それにな、百日紅を持っていけば、いじめられずに済む」

「そうか、いじめられておったのか」

小童はこっくりうなずき、水洟《みずばな》を啜《すす》りあげた。

何となく、幼いころのわが子鐵太郎《てつたろう》に面影が似ているせいか、放っておけない気分になってくる。

「わしの屋敷は浄瑠璃《じようるり》坂を上ったさきだ。おぬしはどっちへ行く」

「まっすぐだよ。神楽《かぐら》坂を上って、筑土八幡《つくどはちまん》の裏手へ行くのさ。おっちゃん、ひとつ聞いてもいいかい」

「何だ」

「鬼役って何なのさ」

「それはな、毒味役のことだ」

「ほへえ、おっちゃんは公方さまのお毒味役なのか」

「ああ、そうだ」

「でも何で、鬼役って言うのさ」

蔵人介は少し考え、ことばを選ぶように語って聞かせた。

「それはな、鬼にならねばできぬお役目だからだ」

「わかんねえぞ。おっちゃんは、毒味のとき鬼に化けんのか」

「ものの喩《たと》えだ。鬼役は毒を啖《くろ》うて死ぬこともある。死をも厭わぬ覚悟でのぞまねば、お役目はつとまらぬ。その覚悟を鬼に喩えたのだ」

「ふうん。よくわかんねえけど、すげえな。それにしても、矢背ってのは変わった苗字《みようじ》だな。おいら、はじめて聞いたぞ」

好奇心のおもむくままに、つぎつぎに問いを発してくる。

蔵人介は面倒臭がりもせず、できるだけ丁寧にこたえてやった。

「京洛《きようらく》の北寄り、比叡山《ひえいざん》の西麓《せいろく》に山里があってな、そこでおおむかし、天子《てんし》さまが敵から背に矢を射掛けられた。それゆえ、矢背と名付けられた地は、やがて、八瀬《やせ》と記されるようになった。そこが矢背家の故郷だ。山里の人々は神仏同様に鬼を奉じ、裏山に洞《ほら》を築いて祈りを捧げておる。男たちはみな六尺偉丈夫《いじょうふ》でな、代々、天子さまの輿《こし》を担《かつ》ぐ力者《りきしゃ》として仕えておるのだ」

「おっちゃんも輿を担ぐのかい」

「ふふ、いいや。わしは養子でな、八瀬衆の血は引いておらぬ。血を引いておるのは養母《はは》だ。海内一《かいだいいち》と評された薙刀《なぎなた》の名手ぞ」

「ほへえ」

「驚いたか。されば、このあたりで別れよう」

「えっ」

ちょうど、ふたりは浄瑠璃坂の坂下に差しかかっている。

小童はじっと動かず、泣きそうな顔をつくって訴えた。

「おっちゃん、行っちまうのかい。おいらに灸を据えなくてもいいのか」

「面倒ゆえ、やめておこう。おぬしにも、百日紅を盗まねばならぬ事情があったようだしな」

「おとうに会わなくてもいいのかい。おとうはたぶん、おっちゃんより強えぞ」

「ほほう、おもしろいことを抜かす小僧だな」

「嘘じゃねえさ。今は浪人暮らしだけど、むかしは何処かのでっけえ藩で剣術指南役を拝命していたのさ」

今も真夜中に起きだし、飽くこともなく素振り稽古を繰りかえしているという。

「会ってみりゃわかるさ。おとうの得意技は、まろばしっていうんだ」

「ん、まろばしだと」

蔵人介の目が光る。

小童は自慢げに胸を張った。

「そうさ、転と書いて、まろばしって読ませるんだよ」

紛《まぎ》れもなく、それは柳生新陰流《やぎゅうしんかげりゅう》の奥義《おうぎ》にほかならない。

「うちのおとうのほうが、おっちゃんよりたぶん強え」

必死にみつめる小童の眼差しに誘われ、蔵人介は浄瑠璃坂のほうへは曲がらず、御濠端をまっすぐ進むことにした。

三

連れていかれたさきは筑土八幡の裏手、神楽坂を上りきって右手の三年坂《さんねん》を下りたところだつた。

小童の名は直太郎《なおたろう》、父は伊勢崎新《いせざきあらた》という。

やはり、侍の子なのだ。

裏長屋の朽ちかけた門をみれば、暮らし向きは想像できる。

父は長屋におらず、蔵人介はしばらく待ってみることにした。

直太郎は百日紅の枝を掲げ、遊び仲間のもとへ自慢しに向かう。

洟垂れどもは歓声をあげ、井戸のまわりを鼠《ねずみ》と猫のように走りはじめた。

そうした様子を眺めていると、門のほうに浪人風体《ふうてい》の四十男があらわれた。

棒のように痩せたからだつきをしており、内職の虫籠に必要な木片の束を背負っている。だが、腰には大小を帯びており、侍の威厳を崖っぷちのところで保っているようにもみえた。

「おとう」

直太郎が父を目敏《めざと》くみつけ、風のように飛んでいった。

蔵人介を指さし、何やら懸命に事情を説いている。

伊勢崎は怪訝《けげん》な顔で、慎重に近づいてきた。

一歩近づくたびに、殺気を纏っていくのがわかる。

猫背に身を屈《かが》める物腰が、南蛮煙管《なんばんギセル》の異名《いみょう》を持つ思草《おもいぐさ》を連想させた。

思草は今時分、薄《すすき》の根元などで薄紅色の花を横向きに咲かせている。

三白眼《さんぱくがん》に睨めつけられ、蔵人介は面食らった。

あきらかに、敵意の籠《こ》もった目だ。

しかも、打ちこむ隙を見出せない。

直太郎の言うとおり、剣術の力量はかなりのものと推察できる。

蔵人介はわざと隙をつくり、頰に笑みすら浮かべて呼びかけた。

「伊勢崎どのか」

相手はうなずきもせず、それがどうしたという態度をみせる。

殺気を纏い、抜き身の刃のような目を向けてくるだけだ。

「尾張邸の門番から頼まれた。おぬしの子にきつく灸を据えてほしいとな」

伊勢崎は顔を朱に染め、直太郎に向きなおる。

「莫迦者、尾張邸には近づくなと、あれほど申したであろう。わからぬのか」

直太郎は雷を落とされて縮こまり、目に涙を溜めてうつむく。

それでも、負けん気の強そうな顔をあげ、泣こうとはしない。

蔵人介は告げ口を後悔しつつ、何とか取りなそうとつとめた。

「まあまあ、そこまで叱るほどのことでもござるまい」

間髪《かんはつ》を容《い》れず、厳しい口調で食ってかかられた。

「事情のわからぬ者は黙っておれ」

高飛車《たかびしゃ》な態度に腹が立つ。

肩に力を入れると、伊勢崎は一歩後退した。

背負った荷を外し、腰を落として身構える。

やる気なのだ。

「待て。何故、刀を抜こうとする」

「そっちの目途《もくと》がわからぬからよ」

「誤解するな。わしは一介の幕臣《ばくしん》にすぎぬ。おぬしの息子に連れてこられただけのことだ」

「十の小童に誘われ、貧乏浪人の暮らしぶりを覗きにきたとでも言うのか。だとしたら、よほどの物好きか、何らかの目途を隠しておるか、ふたつにひとつであろう」

何らかの目途という物言いが引っかかった。

「ふたつのうちのひとつを選べと申すなら、前者のほうだ。たしかに、わしは物好きかもしれぬ。正直なことを申せば、おぬしの息子に『父は強い』と自慢され、どれほどのものか、この目でたしかめてみたくなったのだ」

「それで」

「息子の自慢は、あながち眉唾《まゆつば》ではなさそうだ。何でも、まろばしを得手《えて》とすると
か」

「こやつめ、そんなことまで喋ったのか」

叱責《しっせき》された直太郎が口を尖らせる。

「だって、ほんとうのことだろう。『恰《あたか》も風をみて帆を使い、兎《うさぎ》をみて鷹《たか》をはなつ
がごとし』って、酔った勢いで教えてくれたじゃないか」

すかさず、蔵人介が応じた。

「まさしく、それは柳生新陰流の理合《りあい》。差しつかえなくば、何処で技倆《ぎりょう》に磨きを
かけたか、お教えいただけぬか」

「申すにおよばず」

父がぴしゃりと発したそばから、子が胸を張ってみせる。

「おとうは尾張生まれなんだぜ」

「ほほう、そうであったか」

蔵人介は興味深げに微笑み、問いをかさねてみた。

「されば、尾張の柳生家とも関わりがござろう。息子を藩邸に近づけさせぬのは、何ぞ理由があってのこととお見受けいたす」

伊勢崎は眉をひそめ、吐きすてるように言った。

「これ以上、はなすことはない。お帰りいただこう」

取りつく島がない。

粘っても無駄だとわかった。

「承知した。退散いたそう。直太郎よ、ではな」

虚《むな》しく笑いかけると、直太郎はすまなそうにうなずく。

蔵人介は伊勢崎の間合いから逃れ、重い足を繰りだした。

おそらく、拠所《よんどころ》ない事情でもあるのだろう。

そうでなければ、人はあれほど頑《かたく》なな態度を取らない。

事情を知りたい気もするが、首を突っこめば墓穴を掘りそうな予感もはたらいた。

長屋の門を出ると、あいかわらず、夏のような日射しが照りつけてくる。

とんだ無駄骨を折らされたなとおもいつつ、辻角で振りむけば、門の外に佇《たたず》む伊勢崎父子のすがたがあった。

四

五日朝。

靄《もや》の晴れない心持ちで裃《かみしも》を着け、平常どおりに城への道をたどった。

内桜田《うちさくらだ》御門前の下馬先は、諸侯の家来衆でひしめいている。

なかでも御三家筆頭である尾張家の家臣団は数が多く、諸侯のなかでも幅を利《き》かせていた。

玉砂利を踏みしめて下馬先にいたると、遠方から声を掛けてくる者がある。

「矢背どの、もしや、矢背どのではござらぬか」

頭に雪をかぶったような白髪の老臣だ。

矍鑠《かくしやく》とした歩きぶりをみれば、誰であるかはすぐにわかる。

「長手助左衛門《ながてすけざえもん》さま」

尾張柳生の総帥である第九代新六厳政《しんろくとしまさ》の傅役《もりやく》にして、柳生新陰流最強との呼び声も高い遣い手にほかならない。とてもそうはみえないが、年齢は七十に近かった。

五年前に尾張邸内で申しあいをおこなったのが、まるで昨日のことのようだ。

それにしても、因縁と言うべきか。尾張邸の門番から告げられて以来、蔵人介は頭のなかで「長手助左衛門房茂《ふさしげ》」という名を反芻《はんすう》していた。

「長手さま、お久しゅうございます」

「五年ぶりじゃ。じつは、国元から江戸に出てまいったのも、あの御前試合以来のことでな」

「さようであられましたか」

「いやはや、嬉しいかぎりじゃ。おぬしに再会できぬものかと、密かに期待しておったのだわ。近々に酒でも酌《く》みかわし、剣術談議に花を咲かせようではないか」

「それは楽しみにござります」

蔵人介が笑いかけると、長手も皺《しわ》顔に目鼻を埋《うず》めるように笑う。

「されば、明日にでも上屋敷を訪ねてまいられよ」

「かしこまりました」

「今から出仕《しゅっし》じゃな」

「さようにござる」

「ふふ、われわれは午《ひる》過ぎまで待機じゃ。あやつらともども、下馬先で待ちつづけねばならぬ」

顎をしゃくったさきでは、尾張家の家中がくつろいだ様子で群れている。

「されど、ここは退屈せぬわい。食べ物売りやら土産物売りやら、いろんな物売りがうろついておるゆえにのう」

たしかに、物売りの禁じられた下馬先であるにもかかわらず、風鈴を鳴らす屋台蕎麦《そ》《ば》屋がおり、岡持《おかもち》を提げた弁当売りもいる。そうした連中をからかう家中の一部で、何やらいざこざがはじまっていた。

「ごめん」

長手は股立《ももだ》ちを取るや、雲上を滑るような走りで戻っていく。

蔵人介は捨ておけず、しばらく遠目から様子を窺《うかが》うことにした。

「おぬしら、鋼鉄組《こうてつぐみ》を何と心得る。愚弄《ぐろう》するなら、われらにも考えがあるぞ」

ひときわ大きな体軀《たいく》の侍が同朋《どうぼう》たちを怒鳴りつけ、ずらりと刀を抜きはなつ。

長手はその男のもとへ駆けより、ひと声掛けて振りむかせた。

「たわけ」

すでに、刀の届く間合いに踏みこんでいる。

左足を差しだすとともに身を沈め、刀下の死角に潜りこむや、鳩尾《みぞおち》にどすんと当て身を喰らわせた。

「ぬぐっ」

大柄の家臣は白目を剝く。

長手は素早く刀を奪い、相手の鞘《さや》に納めてやった。

あまりにも素早く、周囲の誰ひとりとして見定めた者はいない。

蔵人介には把握できた。

刀を右肩に担いで身を沈め、刀下の死角に潜りこむや、下から胴を薙《な》ぎあげる。

それは新陰流の「必勝《ひっしょう》」なる技で、秘中の秘である「九箇之太刀《くかのたち》」のひとつにほかならない。

長手は無刀で奥義《おうぎ》の「必勝」を繰りだしたのだ。

「ふっ、いささかも衰えておらぬわい」

おもわず漏らした声を聞きつけたかのように、長手は振りむき、丁寧にお辞儀をしてみせる。

蔵人介も慌てて頭を垂れ、ようやく門のほうへ歩きはじめた。

おもいがけず奥義を目にできた余韻《よいん》は、笹之間で夕餉の毒味を済ませたあとも消えずにいた。

それゆえにであろう。

相番《あいばん》の桜木兵庫《さくらぎひょうご》が語ったはなしは、とうてい聞き流すことのできないものだった。

「本日夕刻、下城の折、内桜田御門外にて刃傷沙汰《にんじょうざた》があったとか。何でも、一刀のもとに斬られたのは尾張家のご家中で、斬ったのも同家のご家中らしく、しかも、斬ったほうは尾張柳生最強の遣い手であったと聞いたぞ」

「それはまことか」

身を乗りだす蔵人介の反応がよほど嬉しかったとみえ、桜木は毒味役に似合わぬ太鼓腹を揺すってつづけた。

「長手助左衛門と申せば名の通った剣客と聞いたが、矢背どのもご存じか」

「ふむ」

「古希《こき》にならんとする白髪の老爺《ろうや》というではないか。わしは信じられぬ。まともに刀を抜くことができるのであろうか」

よほどのことでもないかぎり、長手助左衛門が刀を抜くことはなかったはずだ。

蔵人介は、刃傷沙汰にいたった経緯を詳しく知りたいとおもった。

「噂によれば、非は斬られたほうの家臣にあり、付家老の竹腰正富さまのお命を狙

った せいであったともいう。斉荘公が宗家のご意向で尾張家を継がされたことへの腹いせじゃ。口さがない連中はみな、押しつけ養子が引きおこした凶事にちがいないと囁《ささや》いておる」

尾張家で代替わりしたのは殿様ばかりでなく、一大名として美濃今尾《いまお》藩を領する竹腰家もじつは代替わりしたばかりだった。正富は二十二と年若いだけに、大藩の不満分子を説諭するだけの器量が足りない。古株の重臣たちの意向にしたがうしかなかった。斉荘の就任にあたっても、幕府の意向を杓子定規になぞるだけであった。それゆえ、尾張家の家中からは「竹腰の弱腰」などと揶揄《やゆ》されている。

口さがない連中の代表とも言うべき桜木によれば、尾張家の家臣団に燻《くすぶ》る不満は想像以上に深刻で、過激な連中は「鋼鉄組」などと名乗って徒党を組み、斉荘の排斥《はいせき》を力尽くで成そうとしているらしかった。

「当面の敵は幕府の走狗《そうく》となって説得にあたった竹腰正富さまということじゃ。まことならば、国元にあって右も左もわからぬ付家老であるにもかかわらず、無理難題を押しつけられ、仕舞いには命まで狙われたとあっては面目が立つまい」

刃傷沙汰が公方家慶の耳にでもはいれば、尾張家にどのような罰が科されぬやもしれぬ。家中には箝口《かんこう》令が敷かれ、内桜田御門外での出来事はなかったことにされた。

「されど、すでにこうして、われら幕臣の口の端にも上っているわけでござる。隠しおおせるかどうかなど、わかったものではない」

案じられるのは、尾張家が長手に下す処分であった。

竹腰正富公を救うためであったとはいえ、城門のそばで刀を抜いた以上は何らかの咎《とが》めを受けるやもしれぬ。

蔵人介は黙然《もくねん》と座しながらも、落ちついていられない気分になった。

「尾張の連中は、ただでさえ宗家への対抗心が強うござる。田舎侍とからかわれた途端に刀を抜く気の短い連中ゆえ、われわれも気をつけねばならぬ。ともあれ、下手に近づかぬことじゃ。近づけば、藪を突っついて蛇を出すことにもなりかねぬ。くわばら、くわばら」

桜木の皮肉めいた台詞が、右耳から左耳へ抜けてゆく。

蔵人介は明日にでも、尾張邸を訪ねてみようとおもった。

たとい、藪を突っつくことになろうとも、長手助左衛門に下される処分を知っておきたかった。

五

翌日も晴天になった。

道端に黄金の傘を並べているのは女郎花《おみなえし》であろう。

午後の陽光を浴びながら左内坂を上ると、尾張邸の高い塀のうえから百日紅の幹が彎曲《わんきょく》しながら突きでている。

なるほど、表門からは死角になっており、人通りも少ない。

百日紅は二の腕のような幹を伸ばし、何本にも枝分かれしており、薄紅色の花を満開に咲かせていた。

「あれなら、一本くらい折っても気づくまい」

口をあんぐり開けて見上げていると、梯子を重たそうに抱えて忍んでくる小童があった。

「あっ」

直太郎である。

蔵人介のすがたをみつけ、石仏のように固まった。

七化けのつもりなのか、めはじきとも呼ぶ益母草《やくもそう》の茎を上下の瞼《まぶた》に挟んでひろげている。

吹きだしたくなるのを怺《こら》え、ぐっと睨みつけてやった。

「灸の据え方が足りなかったらしいな」

「ちがわい、おっちゃんのせいだ」

「どうして」

「いっしょに長屋へ行ったろう。そうしたら、おっちゃんに手伝わせたんだって、やつら言いやがったのさ」

こんどこそ、ひとりで百日紅の枝を持ちかえってやろうと、勇気を出して訪れたのだという。

「やめておけ。門番に見咎められたら、こんどこそ晒し者にされるぞ。首を切られて晒されたらどうする」

からかい半分に脅しつけると、直太郎はめはじきを飛ばして震えだす。

ともかくも梯子を奪い、道端に片づけてやった。

「百日紅はあきらめろ、わかったな」

「ここで、お別れかい」

「わしはちと尾張邸に用があるのでな」

「そう言えば、知りあいがいるんだったね」

「ああ」

「用が済んだら、溜池まで来るといいよ。おとうが釣りをやってっから」

「溜池で釣りをやったら捕まるぞ」

「そんなへまはしないさ。へへ、おっきな金鯉が釣れるんだぜ」

「わかった、気が向いたらまいろう」

直太郎は満足したのか、鼻歌を歌いながら坂道を下りていく。

小さな背中を見送ってから、蔵人介は尾張邸の表門を訪ねてみた。

先日のひょろ長い門番が目敏くみつけ、お辞儀をしてみせる。

蔵人介も軽くうなずき、大股でゆっくり近づいていった。

「長手助左衛門さまに取りついでもらえぬか。昨日、下馬先でお誘いいただいたものでな」

「長手さまにでございますか」

「ああ、そうだ」

「困りましたな。長手さまはおそらく、お会いできぬとおもいます」

やはり、昨夕の刃傷沙汰は真実らしい。

駄目元で聞いてみた。

「長手さまが藩士をひとり斬ったとか」

「げっ、何故それを」

「城内の噂だ。いかなる処分が下されたのか案じられてな」

門番が眉を八の字に下げる。

「それで、訪ねてこられたのでござりますか」

「まことはな。差しつかえのない範囲で教えてもらえまいか」

「謹慎なさっておいでです」

「謹慎か。されば、重い罪には問われぬのだな」

「はい、おそらくは。拙者が申しあげたことはご内密に願います」

「承知した」

蔵人介は礼を言い、表門からさりげなく離れた。

懐手で坂を下り、左手へ曲がらずに右手へ進む。

濠端に沿って歩き、四谷《よつや》御門前を通過し、土手を高く盛った喰違《くいちがい》御門前へいたる。

さらに、赤坂《あかさか》御門前を通りすぎれば、左手に広大な溜池がみえてきた。
桐《きり》の木が壁のようにつづく坂道を下り、途中の藪から土手下へ向かう。
禁漁区の穴場が何処にあるのかは心得ていた。
彼岸になれば曼珠沙華《まんじゅしゃげ》の群棲《ぐんせい》する一角だ。
夜釣りに訪れた回数は一度や二度ではない。
もちろん、狙いは金の鱗を纏った大きな鯉だった。
悪しき太公望《たいこうぼう》たちからは、敬意を込めて「主」と呼ばれている。
目の下五尺はあると豪語する者もいたが、蔵人介はお目に掛かったことがなかった。
案の定、薄の生い茂る土手下から、びゅんと竿を振る音が聞こえてきた。
夕陽は大きく西にかたむき、水面は薄紅色に染まりつつある。
身の丈ほどの薄を分けると、池畔に竿を握る父子の後ろ姿がみえた。
蔵人介は頰を弛《ゆる》め、わざと跫音《あしおと》をさせて近づく。
直太郎が気づき、短い竿を握ったまま振りむいた。
「あっ、おっちゃん、来てくれたのかい」
先日とちがい、隣の父親は殺気を放っていない。

身を寄せると、顔を向けずに喋りかけてきた。

「ここがようわかったな」

「曼珠沙華の咲く穴場さ」

「やはり、貴公も」

「さよう、狙いは主だ」

「ふっ、今までの釣果《ちょうか》は」

「目の下三尺五寸の鯉なら、釣りあげたことはある。されど、主にはとうていおよぶまい」

「それを聞いて安堵《あんど》した。拙者にもまだ運が残っておるやもしれぬ」

水に浸された魚籃《びく》のなかで、何かが跳ねた。

覗いてみると、長い髭《ひげ》が生えている。

「鯰《なまず》さ。釣ったはよいが、食うたことがない。食い方も知らぬ」

蔵人介は笑った。

「鯰は白身であっさりしておるゆえ、油で揚げるのがよかろう」

「天ぷらか」

「ふむ。あるいは、擂《す》り鉢で身を擂って、つみれにしてもよい」

「鍋だな」

隣の直太郎が、くうっと腹の虫を鳴らした。

蔵人介が微笑みかける。

「ふふ、腹が減ったか」

「うん」

「よし、その鯰、わしがさばいてやろう」

「よいのか」

と、伊勢崎が申し訳なさそうな顔をする。

「かまわぬさ」

蔵人介は屈み、魚籃を持ちあげてみせた。

「わしの実父が神楽坂で小料理屋をやっておる。頼めば喜んで包丁を貸してくれよう。善は急げ、今からまいるぞ。宵まで粘っても、どうせ、主は釣れぬさ」

「口惜しいが、おぬしの言うとおりだ。よし、直太郎、鬼役どのの背につづけ」

「合点承知《がってんしょうち》」

三人は旧知の仲ででもあるかのように、和気藹々《わきあいあい》と「穴場」から離れていった。

六

夜も更けてきた。

何やら漫《そぞ》ろ寒く、蟋蟀《こおろぎ》の鳴き声も物悲しい。

「秋だな」

実父の孫兵衛《まごべえ》が皺顔を弛め、ぽつりとつぶやいた。

直太郎は眠気に抗しきれず、奥の部屋で寝息を起《た》てている。

神楽坂上の『まんさく』は、孫兵衛が女将《おかみ》のおようと商っている小料理屋だ。

そもそもは、おようの見世《みせ》であったが、客の孫兵衛がいつのまにか包丁を握る側にまわっていた。天守番を何十年もつとめた忠義者は侍身分を捨て、おようという良き伴侶《はんりょ》を得たことによって幸福を摑んでくれた。そのことがどれだけ、蔵人介を安堵させたかわからない。

隠れ家のごとき『まんさく』は、いつ来ても客はあまりいなかった。

蔵人介は稀にもないことだが、みずから包丁を持ち、俎板《まないた》のうえで鯰をさばいた。

目釘《めくぎ》を打って三枚におろす手さばきは堂に入っており、襷掛《たすきが》けに前垂れを着けたすがたは凜々《りり》しくみえた。

鱠はあっさりとした白身の魚なので、なるほど、天ぷらがよく合う。擂り身でつくねの団子をつくり、甘味噌仕立ての鍋の実にしても美味い。ともかく、蔵人介は手際がよく、料理ができあがるまでにさほどのときを要しなかった。

孫兵衛は実子が擂り粉木《こぎ》を擂る様子に目を細め、定番のちぎり蒟蒻《こんにゃく》や柿の白和《しらあ》えや衣被《きぬかつぎ》の小皿を仕度してくれた。

おようが燗《かん》してくれたのは、下り物の諸白《もろはく》である。

舐めた途端に灘《なだ》の生一本《きいっぽん》とわかったが、安酒しか知らぬ相手に気を使って教えずにおいた。

伊勢崎はどうやら、孫兵衛が天守番の役目を辞した経緯にえらく心を惹かれたようだった。妻に若くして死なれ、御家人《ごけにん》長屋で蔵人介を男手ひとつで育てあげたにもかかわらず、十一のときに毒味役の矢背家へ養子に出した理由も知りたがった。

「一人息子を旗本の養子に入れる。それが、うだつのあがらぬ御家人風情の抱いた夢であった」

と、孫兵衛は屈託《くったく》のない調子で語って聞かせる。

「されど、おはなしをいただいたお相手は、旗本は旗本でも、正直、養子の来てもない毒味役の家でな。わしは何日も寝ずに悩んだが、今は亡きご先代のおことばにえらく感銘を受け、養子にやることを決めたのじゃ」

「矢背家のご先代は、何と仰ったので」

身を乗りだす伊勢崎にたいし、孫兵衛は真剣な眼差しを向けた。

「『小骨《こぼね》ひとつ見逃しただけでも命を落としかねない。なるほど、毒味は神経の磨《す》りへるお役目じゃ。されど、武士が気骨《きこつ》を失った泰平の世にあって、命を懸けねばならぬお役目なぞ他にあろうはずもなかろう』と、さように仰った。そうしてな、忘れてはならぬ毒味役の心得も教えてくださったのじゃ」

「心得とは、どのような」

「聞きたいか」

「はい」

孫兵衛は眸子を瞑《つむ》り、腹の底から声を絞りだす。

「『毒味役は毒を啖うてこそのお役目。河豚《ふぐ》毒に毒草、毒茸《きのこ》、なんでもござれ。死なば本望《ほんもう》と心得よ』と、ご先代はそう仰った」

蔵人介は十一で矢背家の養子となり、十七で跡目相続を容認されたのち、二十四のときに晴れて出仕を赦《ゆる》された。十七から二十四にいたる七年間は過酷な修行の日々であった。毒味作法のいろはを、養父から手厳しく仕込まれたのだ。

伊勢崎は、感慨深げに溜息を吐く。

「『死なば本望と心得よ』でござるか」

「さよう、わしはそのおことばに心を動かされ、こやつを手放したのじゃ。はたして、それがよかったのかどうか、じつは今も悩んでおる。なにせ、お役目を仰せつかって以来、三日に一度まわってくる出仕の折は、いつも首を抱いて帰宅する覚悟を決めておるとも聞くからのう」

孫兵衛の語りを肴に、伊勢崎は美味そうに酒を舐めつづけた。

馬が合う相手でなければ、おそらく、こうはならないだろう。

蔵人介は良い気分になり、剣術談議にも花を咲かせた。

ただ、伊勢崎は自分のことについては多くを語ろうとしない。それでも、かなり酒がはいったころに「直太郎は自分の子ではない」と、ひとりごとのようにこぼした。

孫兵衛もおようも息を止めて聞き耳を立てたものの、伊勢崎は淋しそうに微笑むだけだった。

蔵人介も敢えて、それ以上は聞こうとしなかった。

人にはそれぞれ事情があり、他人に知られたくないこともある。土足で踏みこんで好奇心を満たすよりも、ゆっくり友情を育《はぐく》んだほうがどれほどよいかわからない。

伊勢崎もそのあたりの呼吸を察し、蔵人介に「すまぬ、すまぬ」と謝りつづけた。

風変わりな父子が帰っていったのは、町木戸の閉まる亥《い》ノ刻を過ぎたころだ。

蔵人介は孫兵衛とおように礼を言い、微酔《ほろよ》い気分で家路をたどった。

七

翌夕。

蔵人介は自邸の庭に咲く思草を愛《め》でながら、伊勢崎父子のことをおもった。

妻女の幸恵《ゆきえ》は、夕餉の買い物に出掛けている。

脂の乗った秋刀魚《さんま》と浅漬けにする秋茄子を仕入れてくると言っていたので、夕餉の膳が楽しみだ。

養母の志乃《しの》は鬼の霍乱《かくらん》で体調をくずし、何日か寝込んでいたのがようやく治った。

志乃が治ったとおもったら、こんどは従者の串部《くしべ》がひどい風邪を引き、めずらしくも高熱にうなされている。

大坂《おおさか》に旅立った実子の鐵太郎は緒方洪庵《おがたこうあん》のもとに落ちついた様子なので、そろそろ居候《いそうろう》の卯三郎《うさぶろう》をどうにかせねばなるまい。番町の練兵館《れんぺいかん》で斎藤弥九郎《さいとうやくろう》に鍛えられ、剣術の力量は格段にあがった。されど、免状を受けるのはまださきのはなしだ。神道無念流《しんとうむねん》の免状を受けるまでに、毒味の所作《しょさ》と心構えを教えこまねばなるまいとおもっていた。そして、目途がついたあかつきには、矢背家の養子として迎える用意はできている。

志乃も口には出さぬが、卯三郎の資質を買っていて、三代目の養子に迎えてもよいと漏らしていた。一方、幸恵は鐵太郎のことがあるので複雑な気持ちでいるものの、なかばあきらめているようだ。

一介の鬼役でも誰を嗣子《しし》にすべきかこれほど悩むのだから、将軍家や御三家ともなれば一大事であろうなと、蔵人介は他人事ながら溜息を吐きたくなった。

仏間の戸が開き、志乃が顔をみせる。

「あっ、養母上《ははうえ》、おかげんはいかがでございますか」

「本復《ほんぷく》いたしました。からだも鈍《なま》っておるゆえ、卯三郎が戻ったら稽古をつけてやろうとおもいます」

「お待ちを。卯三郎は、厳しい稽古から戻ってまいるのですぞ。それをまた、責めるのですか」

「まだ十九ゆえ、いくらでも無理はきくはずじゃ」

志乃は仏間へ引っこみ、長押《なげし》から「鬼斬り国綱《くにつな》」を外してくる。

ちょうどそこへ、誘いこまれたように卯三郎が帰ってきた。

「ただ今、稽古から戻りました」

「ほほ、待ちかねておりましたぞ」

薙刀を抱えた志乃のすがたをみて、卯三郎はわずかに顔をしかめる。

これを見逃す志乃ではない。

「わたくしとの稽古が嫌なら、そう申せ」

「……と、とんでもございませぬ」

卯三郎の顔から血の気が引いていくのがわかった。

やれやれとおもいつつも、蔵人介は助け船を出さない。

志乃が庭に下りかけたところへ、意外な人物があらわれた。

「お取りこみ中であったかな」

尾張柳生の重鎮、長手助左衛門そのひとである。

志乃はすぐに気づいた。

薙刀の名手として、五年前の御前試合を見物する栄誉に与《あずか》っていたからだ。

「これはこれは、長手さまではございませぬか」

「おう、御母堂さまか」

「お久しゅうございます。ささ、こちらへ」

下にもおかぬ志乃の態度に、卯三郎は目を丸くする。

さらに、蔵人介から素姓を聞かされるや、驚きすぎて挨拶も忘れたほどであった。

剣術を修行する若者からみれば、長手は生涯に二度と会えぬかもしれぬ雲上《うんじょう》の人物にほかならない。

「何卒、一手ご指南を」

相手の用件を聞く余裕すらもなく、卯三郎は地べたに平伏した。

「おいおい、無礼であろう」

蔵人介が取りなそうとするや、長手は微笑んだ。

「かしこまった。お相手いたそう」

そう言われたら、止める手だてはない。

長手は身構え、何と真剣を抜きはなつ。

やにわに、庭の空気がぴんと張りつめた。
卯三郎は立ちあがり、こちらも腰の本身《ほんみ》を抜く。
蔵人介も志乃も、固唾《かたず》を呑んで見守るしかない。
長手は脇構《わきがま》えの車《しゃ》に刀を落とし、眼差しを宙にさまよわせた。
眼差しを一点に定めぬ偸眼《ちゅうがん》、相手を惑わす手練《てだれ》の目使いだ。
五年前の記憶が、蔵人介の脳裏に蘇ってくる。
長手は左足を引き、右足と一列をなすように運び、一瞬にして間を詰めた。
「うおっ」
卯三郎は気合いを掛けつつも、一歩大きく後退する。
額には玉の汗が浮きでていた。
それだけ、気攻めに攻められているのだ。
長手は追わず、下段八相《はっそう》から身を捻《ねじ》り、空を斬りあげた。
「いやっ」
短い気合いがほとばしる。
新陰流にある「三学円之太刀《さんがくえんのたち》」のひとつ、一刀両断であった。
さらに、「雷刀《らいとう》」と呼ぶ上段の構えから、対峙する相手の人中路《じんちゅうろ》を斬りさげる。

「合撃《がっし》」だ。

一歩遅れて斬りむすぶ捨て身の剣、この技こそが新陰流の真骨頂《しんこっちょう》と言ってもよい。

無論、卯三郎は間合いの外にある。

だが、眉間《みけん》をふたつにされた気分であろう。

「どうした、懸かってこぬか」

剣客とは苛酷なものだ。一度真剣を抜けば、相手が誰であろうと容赦はしない。

一手指南を望んだ者は望んだことを後悔し、おのれの未熟さを知ることになる。

はたして、卯三郎に打ちこむ勇気があるのかどうか。

蔵人介も志乃も、胆力《たんりょく》をはかる指標にするかのように、じっとみつめた。

「遠慮はいらぬ。わしがやったとおり、上段から真《ま》っ向唐竹割《こうからたけわ》りに斬りさげてまいれ」

「はう」

卯三郎は気合いを発し、刀を上段に持ちあげる。

だが、一歩も踏みだせない。

木刀か竹刀《しない》であればできることが、真剣ではできないのだ。

長手はだらりと両手を下げ、「無形《むぎょう》の位《くらい》」を取った。

さらに、刀の切っ先を地べたに突きたて、右手で柄頭《つかがしら》を握り、左手を鍔《つば》に添える。そして、柄頭を握った右手のうえに顎を載せ、卯三郎に偸眼を向けてくる。

あのときと同じだと、蔵人介はおもった。

同じような特異な仕種を、長手は木刀でおこなった。

のちに聞いたところでは「老剣《おいのけん》」と称する奥義のなかの奥義であった。

蔵人介が撃尺《げきしやく》の間合いを破った刹那《せつな》、鼻先に木刀の切っ先が飛びだしてきたのをおぼえている。

されど、一寸の見切りで躱した。

奇蹟であったと、今でもおもう。

つぎの瞬間、長手は視野から消えた。

はっとばかりに跳躍し、木刀を振りおろしてきたのだ。

その「大詰《おおづめ》」と呼ぶ技を、蔵人介は果敢に弾きかえした。

わずかでも力を抜けば、頭蓋を割られていたにちがいない。

あるいは、真剣であったならば、間を外されていたような気もする。

勝負は引き分けとされたが、蔵人介に攻めた印象は微塵《みじん》も残らなかった。

「さあ、来い」

長手の気に呑まれたかのごとく、卯三郎は結界《けっかい》を破った。

「ぬりゃっ」

無心で振りぬいた真剣は、確実に長手の眉間をとらえていた。

つぎの瞬間、すっと両手が頭上に伸びた。

長手は何と、真剣を素手で受けとめたのだ。

ふたりとも、微動だにしない。

「……し、真剣白刃取り」

蔵人介のつぶやきに、長手は平然と応じた。

「いかにも、『山月《さんげつ》』にて候《そうろう》」

拝んだ手をすっと横に向けるや、卯三郎が手もなく転がった。

息遣いが荒く、容易に起きあがることもできない。

おそらく、三年分の修行をした気分であろう。

それだけ、中身の濃い立ちあいであった。

「お見事にござります」

瞬《まばた》きもせずにみていた志乃が、凛然《りんぜん》と発してみせる。

「相手の力を削《そ》ぎ、やわらかく受けとめる。それこそが新陰流の奥義にございますな。まことに、よいものをみせていただきました」

蔵人介もあらためて、長手の強靭《きょうじん》さを悟っていた。

「しばし、お待ちを」

志乃はおもいだしたように、勝手へ引っこむ。

茶でも仕度をしにいったのだろう。

卯三郎もふたりに遠慮し、家のなかに消えた。

長手は膝についた土を払い、何食わぬ顔で身を寄せてくる。

「じつはな、謹慎中のところ、見張り役の目を盗んで抜けだしてきたのじゃ」

蔵人介が尾張邸に訪ねてくれたことを、ひょろ長い体軀の門番から聞いたという。

「長手さま、噂で凶事のことをお聞きしましたぞ」

「さようか」

「案じておりました」

「それはすまなんだな。されど、案ずるにはおよばぬ。わしが斬ったのは脱藩者じゃ。おおかた、斉荘公の跡目相続に不満のある輩が雇ったのであろう」

「やはり、付家老の竹腰正富さまが、お命を狙われたのでございますか」

「ふむ。それゆえ、尾張柳生のなかで腕の立つ者を何人か護衛に従けておる」

「なるほど」

長手は刃傷沙汰の経緯にそれ以上は触れず、厳しい口調で首をかしげたくなるような忠告をひとつ残していった。

「故《ゆえ》あって事情は申しあげられぬ。今後いっさい、伊勢崎父子とは関わりを持たずにいただきたい」

「えっ、伊勢崎どのをご存じなのですか」

「ふむ、わしの高弟であった。それ以上は勘弁してほしい」

厳しい口調で言いきり、深々とお辞儀をするや、長手は茶も呑まずに踵《きびす》を返してしまった。

「いったい、どうなされたのでございましょう」

志乃は慌てて顔を出したが、長手の背中を見送るしかなかった。

蔵人介としては、狐につままれたおもいだ。

たとい、高弟であったにしろ、何故、一介の浪人に関わってはならぬのか、まったくわけがわからない。

むしろ、抗《あらが》って調べてみたくなるのが人の情というものだろう。

平常であれば串部に命じて調べさせるところだが、みずから動くしかあるまい。

夜になり、蔵人介は自邸から抜けだした。

八

足を向けたさきは神楽坂上、筑土八幡の裏手だった。

伊勢崎新に会い、長手助左衛門が訪ねてきたことを正直に告げ、秘めた事情があるなら聞きだしたいとおもった。

見上げた空には月がある。

薄暗い小路を提灯も持たずに進むと、棟割《むねわり》長屋の朽ちかけた門の脇に人影が蹲《うずくま》っていた。

「ぐえっ、げほっ」

壁に両手をつき、胃の腑の中身をぶちまけている。

伊勢崎にまちがいなかった。

小走りに駆け、背後から声を掛ける。

「いかがした、大丈夫か」

首を捻った伊勢崎は、蒼褪《あおざ》めた顔で口を歪めた。

笑ったつもりだろうが、笑ったようにはみえない。

「……き、貴公か……わ、わしの身を案じてくれるのか」

「ああ、そうだ。まさか、誰かに斬られたのではあるまいな」

「だいじない。御酒が過ぎただけのはなし……ぐ、ぐえっ」

吐き気に襲われたらしく、板壁に額を押しつける。

蔵人介は素早く身を寄せ、背中をさすってやった。

「……す、すまぬ。みじめなすがたを晒してしまい……し、信じていた相手に裏切られたのだ」

「ん」

伊勢崎は自嘲《じちょう》しながら、血走った眸子《まなこ》を潤ませる。

「……う、裏切られたと知ったとき、人は吐きたくなるもの……ぬ、ぬぐっ、ぐえほっ」

苦しげに黄色い汁を吐き、汚れた地べたにうずくまった。

「おい、しっかりしろ」

蔵人介は腕を取って肩を貸し、木偶《でく》人形も同然の伊勢崎を立たせようとする。

そのとき、後ろから尋常ならざる気配が忍びよってきた。

「……くふ、伊勢崎新ともあろう者が、とんだ腑《ふ》抜《ぬ》けになりさがったものよ」

嗄《しゃが》れた低い声を耳にするや、伊勢崎は犬のようにぴくんと反応する。

小路の暗がりからあらわれたのは、縦も横もある月代《さかやき》頭の侍だった。

眉は墨で書いたように太く、顎は桃割れに割れ、髭の剃り跡が濃い。

炯々《けいけい》とした眼光で睨む仕種《しぐさ》からして、ただ者でないことはわかった。

しかも、左右に手下どもをしたがえている。

「……ほ、宝来清志郎《ほうらいきよしろう》か」

伊勢崎の口から、顎割れ男の姓名が漏れた。

どうにか立ちあがったものの、足腰はふらついている。

宝来と呼ばれた男が嘲笑《あざわら》った。

「そのていたらくは何だ。それでも、尾張柳生の密命を帯びた剣客か。ふん、まあよいわ。こうして、おぬしを捜しあてたのだからな。それにしても、まさか、御上屋敷の目と鼻のさきに潜んでいようとは、おもいもよらなんだぞ。灯台もと暗しとは、よう言うたものだ」

「宝来よ、誰に命じられてまいった」

「知れば、おぬしは狂うかもしれぬ。ふはは、知らぬが仏さ。ともあれ、御子をここへ連れてこい。おとなしく引きわたせば、おぬしの命は助けてつかわす」

「莫迦な。誰にものを言うておる」

伊勢崎は酒臭い息を吐き、一歩踏みだそうとする。

これを蔵人介が押しとどめた。

宝来が眸子を光らせ、じっと睨みつける。

「おぬしは誰だ。邪魔だていたすと容赦せぬぞ」

「名乗るほどの者ではない。伊勢崎どのとは釣り仲間でな」

「ほう。人嫌いなそやつにも友がおったとはな。で、どうする」

「どうするとは」

「去るか死ぬか、好きなほうを選ばせてやろう」

問われて蔵人介は、頰に笑みを浮かべた。

「ふっ、そのことば、そっくりそのままお返ししよう」

「何だと」

宝来は眦《まなじり》を吊りあげ、腰の刀を抜きはなった。

月影を浴びて妖しく光る本身は長さで三尺を超え、浮きたつ丁子《ちょうじ》の刃文《はもん》は血を吸いたがっている。

左右の手下どもも、一斉に刀を抜いた。

一方、蔵人介は抜刀せず、両手をだらりと下ろして身構える。

「むう」

宝来は刀を八相に持ちあげたまま、なかなか斬りつけてこない。

隙を見出すことができぬのだ。

「おぬし、居合《いあい》を使うのか」

「さよう」

「姓名を聞きたい」

「矢背蔵人介」

静かに告げてやると、宝来の頰が強張《こわば》った。

「もしや、長手助左衛門と互角に渡りあった鬼役か」

「いかにも」

宝来は刀を下ろし、大股で一歩後退《あとじさ》る。

「勝負は預けておく。機会はいくらでもあるゆえな」

刺客どもは闇に消えていった。

「……か、かたじけない」

後ろの伊勢崎が、消えいりそうな声で謝る。

蔵人介は面と向かい、しばらく待ってから問うてみた。

「事情をはなしてくれぬか」

伊勢崎はうなだれ、力無く首を振るだけだ。

「貴公を巻きこむわけにはまいらぬ」

顔を背けてこぼし、門の向こうへ遠ざかってしまう。

頑なに問いを拒む背中を、蔵人介は虚しい心持ちで見送るしかなかった。

九

翌朝、登城。

内桜田御門をめざして西ノ丸下の殺風景な大路を歩いていると、背後から駕籠の一団が土煙をあげてやってきた。

裾をからげた陸尺《ろくしやく》が棒黒《ぼうくろ》の前後に三人ずつ、上下が板と網代《あじろ》に分かれた打揚腰《うちあげこし》網代はあきらかに、登城の大名が乗る駕籠だ。簡略な供揃《ともぞろ》えから推すと、三万石前後の大名にちがいない。

素早く道端に控えると、どうしたわけか、駕籠のほうから近づいてくる。

最初は気づかなかったが、先導する者があった。

白髪の老臣、長手助左衛門にほかならない。

駕籠の主は誰かと言えば、尾張家付家老の竹腰正富であった。

付家老とはいえ、美濃国の大垣《おおがき》近くに三万石を領する大名でもある。

まさか、布衣《ほい》も許されぬ二百俵取りの鬼役風情に声掛けするはずはない。

ところが、駕籠が横向きで地べたにおろされ、御簾《みす》がするすると巻きあがった。

障子が内から開き、若い殿様が鷲鼻を差しだしてくる。

「上様の御毒味役、矢背蔵人介か」

「はは」

「近《ちこ》う寄れ、顔がみたい」

遠慮していると、駕籠脇に随従していた強面《こわもて》の重臣が声を掛けてきた。

「矢背どの、わが殿の仰せにしたがうように」

「はっ」

言われたとおりにすると、正富は好奇の眼差しでみつめてくる。

「ほほう、なかなかの男振りじゃ。ことに、涼しげな目がよい。おぬし、尾張柳生随一の剣客と互角に渡りあったとか。わしもいささか剣をやる。長手助左衛門に手ほどきを受けてな、今少しで免状を頂戴するところまで上達した。機会があったら、一手指南していただきたいものじゃ」

「恐れ多いことにござりまする」

腰を深く折りたたむと、ふわりと駕籠が持ちあがり、滑るように遠ざかっていく。

まさに、夢のような出来事であった。

頰を抓《つね》ろうとすると、長手が皺顔に笑みを湛《たた》えて歩みよってくる。

どうやら、駕籠に随行せずともよいらしい。

「驚かしてすまなんだな。そこもとをみかけ、うっかり、五年前のことを漏らしてしもうた。それを竹腰家次席家老の津島調所《つしまずしょ》さまがお聞きとめになり、正富公にお伝えあそばされた。正富公は武芸者好みでな、幕臣随一の遣い手と評されるそこもとの面貌《めんぼう》を間近でみたいと仰ったのじゃ」

さきほどの強面侍が、津島調所なる次席家老なのであろう。

仁王《におう》顔に臼《うす》のごとき胴、ひと目みたら忘れられない外見だ。

長手は声をひそめた。

「ところで、伊勢崎新のことじゃが、父子ともども失踪しおった。何処へ消えたか、心当たりはござらぬか」

蔵人介は息を詰め、溜息とともに吐きだす。

「拙者が知るはずもありませぬ。何やら、こちらの動きをみておられたようでござりますな」

「申し訳ないことじゃが、見張りをつけさせてもろうた。そこもとを疑ったわけではない。ただ、伊勢崎のもとにある御子に禍事《まがごと》が起こらぬよう、細心の注意を払わねばならぬのだ」

「御子とは、直太郎のことにござりましょうか」

「さよう。まことは直七郎さまと仰る。御先代の御子の御幼名じゃ」

信じがたいことに、逝去した先代斉温の遺児だという。

病弱ゆえに子はできぬものとあきらめていた斉温が、唯一、天から授かった男児であった。ところが、江戸藩邸の諸事万端を預かっていた成瀬家の重臣たちが談判のすえ、生まれなかったことにしかけたという。理由は母親が身分の低い者だからとのことであったが、まことの意図は斉温の血筋を断絶させ、尾張家初代義直公の血統を復活させることにあったらしい。

「斉温公はご不幸にも、御子が生まれたことすらご存じなかった。近習《きんじゅ》たちも生まれた子は死産とあきらめておったが、じつは生きておった。おのれの出自も知らぬままにすくすくと成長し、十のつ離れを迎えるまでになったのじゃ」

産みの母は身分の低い奥女中で、何年もまえに鬼籍に入ってしまったという。

ともあれ、あの小生意気な洟垂れが御三家筆頭の尾張家を継ぐべき男児だったとは、信じろというほうが無理なはなしだ。

「何を隠そう、助けたのはわしじゃ。成瀬家のご重臣から抹殺を命じられてな、受けたふりをして御子のお命を助けた。無論、わしの一存でなせることではない。勝手に助けたことが知れたら、尾張柳生の者たちすべてが信を失う」

そこで、跡目相続のことでは成瀬家と意見を異《こと》にしていた竹腰家の重臣に相談を持ちかけたという。

「ご重臣とは、さきほどおぬしに声を掛けられた津島調所さまのことじゃ。津島さまは御子の後ろ盾になる条件として、ほとぼりがさめるまでは助けたことを内密にするようにと厳命なされた。そこで、わしは高弟の伊勢崎新に密命を与えたのだ。ときが来るまで、御子をわが子として育て、命に代えてもお守りしろとな。密命を授けてから、九年が経つ」

「お待ちくだされ。そのような一大事を、何故、拙者なぞにおはなしくださるのでございますか」

「そこもとは信用に足る御仁ゆえ、腹を割ってはなすのじゃ。じつは今、伊勢崎と御子は危うい情況に置かれておる。この世にいないはずの御子が生きておると、敵方に知られたのじゃ」

敵方とはいったい、どのような連中なのか。

首をかしげると、長手は重々しく溜息を吐いた。

「みずからを鋼鉄組と称する守旧派でな、押しつけ養子の血縁はことごとく抹殺せよと公言して憚《はばか》らぬ不届き者どもじゃ」

守旧派の首領格は、尾張家の大御番頭《おおごばんがしら》をつとめる宝来勘解由《かげゆ》なる人物だった。

成瀬家の重臣を煽《あお》りたて、新当主となった斉荘の排斥をも狙っているという。

「千五百石取りの大身《たいしん》じゃ。舐めてかかることのできぬ相手よ」

「宝来と仰いましたな。昨夜、伊勢崎どのを暗殺せんとした刺客も、たしか、宝来なる姓だったかと」

「そやつは清志郎というて、宝来家の三男坊じゃ。かつては、わしの門弟でもあった。粗暴な性分じゃが、腕は立つ。伊勢崎と互角に渡りあえるだけの力量は備えておるはずじゃ」

長手は眸子を細め、淋しげに微笑む。

「伊勢崎は一本気で忠義に篤《あつ》い男じゃ。本人は子ども嫌いだと申しておったが、じつは初産のときに妻子ともども失ってな、爾来《じらい》、後妻も貰わずに独り身を通しておった。生まれるはずの子に名を付けていたことを、わしは存じておる。まことは、子ども好きな心根の優しい男なのじゃ。それゆえ、わしは大役を申しつけた。今でも、伊勢崎以外に御子を託す者はおらなんだとおもうておる」

長手は身を強張らせ、ぶるぶる震えだす。

喋りつづけるうちに、感極《かんきわ》まってしまったのだ。

「長手どの」

「ん、すまぬ。あやつの苦労をおもうと、胸が詰まってな。ともあれ、大役を命じた者として、何としてでも御子と伊勢崎を助けたい。されど、ご覧のとおり、わしは老い先短い身じゃ。しかも、柳生一門の者たちはおおっぴらに使えぬ。藩を二分することに繫《つな》がるからな。じつは、藩の外にあって助けてくれそうな人物を捜しておった。矢背どの、そこもとをおいて、ほかにはおらぬ。それゆえ、何もかも包み隠さず喋ったのじゃ」

「事情は承知いたしました。いくつか、お尋ねしたいことがございます」

「何でも聞いてくれ」

長手は、襟を正して身構える。

まるで、申し合いで対峙した五年前のようだった。

「されば、お尋ねします。伊勢崎どのは昨夜、信じた相手に裏切られたと仰いました。信じた相手とは、長手さまではございますまいか」

「まちがいあるまい。伊勢崎は、敵方の不穏な動きに勘づいておったのじゃろう。わしが裏切ったとおもいこみ、黙って消えたのじゃ」

「裏切り者がおらねば、秘密を知られるはずはなかったと」

「そうじゃ」

「されば、御子のことを敵方に漏らしたのが誰なのか、目星はつけておられるので」

「確証はない。されど、漏らすとすれば、津島調所さま以外は考えられぬ」

蔵人介は、ゆっくり考えながら喋った。

「斉荘公が尾張家のご当主となられた今も、竹腰正富さまは藩内の過激な勢力を抑えきれず、苦慮しておられると噂に聞きました」

竹腰家の大番頭でもある次席家老の津島調所が鋼鉄組を懐柔《かいじゅう》する餌として、しかるべき相手に御子の秘密を漏らしたのやもしれぬ。

「あり得ぬはなしではない」

「伊勢崎どのは、津島調所の裏切りを見抜いておられるのやも」

「そうなると、厄介じゃな」

長手は懐手になり、低く呻《うめ》いた。

「あやつのことじゃ。みずからの手で、裏切り者を討とうとするじゃろう」

「竹腰家の次席家老を討つと仰るのか」

「伊勢崎は信念を曲げぬ男じゃ、相手がどれだけ身分の高い者であろうとも、討つと決めたら討つべし。そう教えたのは、このわしじゃ。無論、あやつは、わしの命も狙っておろう」

「されば、もうひとつお尋ねしても」

「何じゃ」

「肝心の御子は、どうなるのでござりましょう」

尾張家が代替わりした以上、用無しになったも同然なのではあるまいか。

「そこもとの案ずるとおり、尾張家に迎えいれたとしても、揉め事の種になるだけにもまいらぬ。そこでな、今、御子に相応《ふさわ》しい道筋を密かに打診しておる」

「その道筋とやらを、敢えて問うことはいたしませぬ」

伊勢崎にその気があるならば、生涯、じつの父子として暮らすほうが直太郎にとっては幸福なのではあるまいか。

ふと、そんなふうにおもった。

「わしらは、密かに動いておる。御子の行方を捜すのが先決ゆえな。伊勢崎のほうから矢背どのに連絡《つなぎ》があったら、まっさきに教えていただけまいか。このとおりじゃ」

「長手さま、お顔をおあげください。微力ながらご助力は惜しみませぬゆえ、お気遣い無きように願います」

「かたじけない。それでこそ、剣友じゃ」

枯れた老臣の眸子に光るものをみつけ、うっかり心を動かされそうになる。

だが、目のまえの人物を信用してよいものかどうかも、冷徹に見極めねばならぬと、蔵人介は胸に言い聞かせた。

# 十

宝来清志郎らにみつけられた晩、伊勢崎新と直太郎は密かに長屋を引きはらった。移ったさきは毘沙門《びしゃもん》堂のある善國寺《ぜんこくじ》裏の藁店《わらだな》、以前の長屋とは神楽坂を挟んで市ヶ谷寄りに少し進んだ小路にある。いざというときのために物色《ぶっしょく》していた小汚い裏長屋で、顔見知りの大家に頼みこみ、その晩は木戸番小屋に泊めてもらった。

遠くへ逃げなかった理由は相手を油断させ、先手を打つためだ。

数日前から何者かに見張られているのはわかっていた。伊勢崎は逆《さか》しまに見張りを尾《つ》け、敵の塒《ねぐら》へ踏みこむ算段を立てた。翌朝、半年分の前金を大家に払い、空き部屋を借りて移った。直太郎には部屋から出ぬように言いつけ、昨夜抜けだしてきた筑土八幡の裏手に向かったのだ。

物陰に隠れて一日中見張ったが、怪しい人影をみつけることはできなかった。

あきらめて藁店の腐ったような部屋へ戻ると、直太郎が握り飯を頰張っていた。

腹を空かしているのをみかねて、隣の嬶《かか》ぁが握ってくれたのだという。

沢庵《たくあん》をぽりぽり齧《かじ》る音を聞き、伊勢崎は申し訳ない気持ちでいっぱいになった。

だが、おくびにも出さない。

直太郎は実子として、厳しく育ててきた。

優しい顔など、一度もみせたことはない。

そうでなければ、ひとりで生きぬく力を養うことはできぬ。

父親を憎んでほしいとすらおもった。

憎まねば、別れが辛くなる。

いずれ別れが来るであろうことは容易に想像できた。

だから、優しくしたくても我慢しつづけた。

にもかかわらず、直太郎は子犬のように懐《なつ》いてきた。

どれだけ厳しく接しようとも、父親への敬意を失わず、素直に言うことを聞いてくれた。

「おまえはできた息子だ」

夜になると、寝顔にいつも囁いた。

これからも、直太郎の成長を見届けたい。

どれだけ、そうおもったことか。

だが、もはや、望みはかないそうにない。

夜の帷《とばり》が降りると、直太郎は薄い蒲団のうえで寝息を起てはじめた。

伊勢崎は真実の記された文を枕元に置き、何度も質草《しちぐさ》にしようとした愛刀を携え、そっと部屋から抜けだした。

そして、ふたたび、筑土八幡の裏手へ向かった。

「くそっ」

やはり、長手助左衛門に裏切られたのだと、伊勢崎はおもった。

そうでなければ、敵に直太郎のことが知られるはずはないのだ。

だいいち、長屋の所在を知っていたのは、長手と川辺善九郎《かわべぜんくろう》という連絡役《つなぎ》だけだ。

今でも信じられない。長手は剣の師であり、心の師でもある。自分を誰よりも信頼してくれた。

――命に代えても御子をお守りせよ。

と、目に涙を溜めながら告げたではないか。

九年前、これほどの難事を託すことができるのはおぬし以外にいないと言われ、意気に感じた。

乳飲み子と路銀《ろぎん》を授けられ、密かに尾張領内を抜けだし、東海道を東へ下ったのだ。

長手のことばがあったからこそ、長い隠匿《いんとく》暮らしにも耐えてこられた。

「それなのに……」

身辺に怪しげな気配を察したとき、伊勢崎はついに捨てられたのだとおもった。ときが来るまで待てと諭されたが、九年も放っておかれたら疑心暗鬼にもなる。常々、いつかは捨てられるのではないかと恐れていた。尾張家が代替わりとなってからは、恐れが確信に変わった。

こうなれば、裏切り者と刺しちがえるしかない。

悲愴な決意を胸に秘めて薄暗い小路にやってくると、物陰から長屋の内を窺《うかが》う怪しい人影をみつけた。

「おったぞ」

暗くてよくわからぬが、宝来の手下にちがいない。

見張りは一刻ほどじっとしていたが、やがて、あきらめたように物陰を離れた。

伊勢崎は、はっとした。

見張りの風体から、正体がわかったからだ。

「……ぜ、善九郎か」

九年ものあいだ、長手との連絡役を担っていた川辺善九郎であった。

年は三十に近いが、子どものころから知っていて、二年ほど剣を指南したこともある。長手を父親同様に慕い、伊勢崎とは兄弟弟子の仲だった。それゆえ、長手から重要な連絡役を仰せつかったのだ。伊勢崎にとって善九郎は実弟も同然で、尾張柳生との繋がりを保つ命綱にまちがいなかった。

それだけに、胸が痛い。

善九郎はおそらく、長手に命じられただけなのだろう。

しかし、裏切った以上、生かしておくことはできない。

伊勢崎は気づかれぬように、善九郎の背中を追った。

導かれたさきに待つ者が、裏切り者にほかならない。

たとい、それが恩師であろうとも、決着をつけねばならなかった。

重い足取りで進むさきには、暗澹《あんたん》とした細道がくねくねと繋がっていく。

待っているのがこの世の地獄であろうとも、もはや、後戻りはできない。

ただ、直太郎と過ごした九年を無駄にしたくはなかった。

おのれに課された使命だけは全うしたい。

それは直太郎の命を守るということだ。

自分が死んでも、直太郎だけは生きのびられるよう、道筋をつけておかねばならぬ。

良い思案が浮かばぬところへ、飄然《ひょうぜん》と矢背蔵人介があらわれた。

「捨てる神あれば拾う神あり」

と、胸の裡《うち》で何度つぶやいたことか。

申し訳ないとおもいながらも、頼ることにしたのは、矢背蔵人介ならどうにかしてくれそうな気がしたからだ。

今は、情けに縋《すが》るしかない。

空には赤味がかった月がある。

善九郎は心もとない月明かりに照らされながら、畑のなかの一本道を歩いている。

左手に広がる深い闇は、高田馬場《たかだのばば》のほうまで広がる田畑であった。

右手の高い海鼠塀《なまこ》には、みおぼえがある。

尾張家の戸山《とやま》屋敷だ。

善九郎は海鼠塀に沿って進み、左手の高みへ通じる鳥居を潜った。

闇を固めたような鬱蒼《うっそう》とした杜《もり》は、早稲田《わせだ》馬場下の穴八幡《あなはちまん》にほかならない。

「八幡繋がりだな」

筑土八幡から穴八幡まで、歩けばかなりの道程だが、瞬きのあいだに着いたようにも感じられる。

石段を上りきると、善九郎のすがたは消えていた。

境内の片隅に大篝《おおかがり》が設えてあり、炎がぱちぱち音を起てている。

「罠か」

吐きすてた途端、周囲に殺気が膨らんだ。

「ぬはは、伊勢崎新、よう来たな」

大篝の後ろから、宝来清志郎がすがたをみせる。

正面だけでなく、左右と背後からも手下どもがあらわれた。

もとより、覚悟はできている。

伊勢崎が素早く襷掛けをすると、宝来はにやにやしながら近づいてきた。

「ほほう、死に急ぐ気か」

宝来の後ろには、善九郎が控えている。

伊勢崎は我慢できず、実弟も同然におもっていた相手を怒鳴りつけた。

「善九郎、何故、そこに立っておる。長手さまに、わしを嵌《は》めろと命じられたのか」

「いいえ、ちがいます」

「何がちがう。まさか、おぬしの一存で裏切ったとでも申すのか」

善九郎は下を向いた。

代わりに、宝来がこたえる。

「母親が胸を患《わずら》ってな、人参代が高くつくのよ」

「何だと」

「金に転んだのさ。恩師への忠義と母親の命を天秤に掛け、母親を取ったというわけだ。ふん、泣かせるはなしではないか」

驚きと虚しさが錯綜《さくそう》し、頭のなかが混乱してくる。

だが、伊勢崎はひとつだけ光明《こうみよう》を見出していた。

師の長手助左衛門は裏切っていない。

それがわかっただけでも、罠に嵌《はま》った甲斐はあったというものだ。

「どうだ、弟弟子に裏切られた気分は。ふふ、裏切ったのは、こやつだけではないぞ。竹腰家の大物が寝返りおった」

「……ま、まさか」

「さよう、次席家老の津島調所が、おぬしと御子を抹殺せよと命を下したのだ。あれほど、われわれ鋼鉄組を毛嫌いしておったになあ。そもそも、長手助左衛門を通じて、おぬしに御子をお守りせよと命じた張本人ではないか」

津島調所は何かにつけて、同じ付家老に就く成瀬家の面々と張りあっていた。

「鋼鉄組」に理解をしめす成瀬家の向こうを張り、幕府の走狗《そうく》となって尾張家の総意をまとめたのも津島にほかならない。

「津島は古狸《ふるだぬき》だ。情ではなく、利で動く。厄介なわれらを懐柔《かいじゅう》すべく、成瀬家のお偉方と手を組んだのさ」

それが証拠に、竹腰家の御用商人を通じて、成瀬家のほうへ多額の金銭貸与があったという。いずこの藩も台所事情が苦しいなか、安い利子で一万両もの借金をさせてやるとの申し出だった。その見返りとして、成瀬家のほうに「鋼鉄組」の懐柔を依頼した。しかも、金銭貸与のみならず、逝去した先代斉温に実子があり、いざというときのために生かしておいたという秘密も告げたのである。

あとは伊勢崎を誘《おび》きだす算段を立てるだけでよかった。

長手助左衛門は容易に籠絡《ろうらく》できぬと踏み、宝来清志郎は連絡役の川辺善九郎に目をつけたのだ。

「こやつ、存外に呆気《あっけ》なく落ちたぞ」

宝来は顔を横に向け、善九郎に笑いかける。

「わしに言わせれば、侍の風上にも置けぬ糞だがな」

吐きすてるや、前触れもなく刀を抜いた。

――しゅっ。

抜き際の一刀が、善九郎の頭頂を平皿のように削ぐ。

弟弟子は抗う余地もなく、その場にくずおれた。

「……な、何ということを」

伊勢崎は、ことばを失う。

名状しがたい怒りに衝《つ》きあげられた。

「許さぬ」

抜刀し、刀を八相《はっそう》に構えるや、だっと土を蹴る。

と同時に、四方から白刃が殺到してきた。

「ふわああ」

手下どもが目の色を変え、暗闇から飛びだしてくる。

「ぬはは、ほうら、来い。わしのもとまでやって来い」

宝来清志郎は赤い口を開き、呵々《かか》と嗤《わら》いあげた。

伊勢崎は走る。

血煙をあげながら走りぬけ、大篝の炎と一体になった。

十一

――一番鶏《いちばんどり》が鳴いたら、誰にもみつからぬように『まんさく』へ行け。

じつの父と信じて疑わぬ伊勢崎新の文には、そう記されていた。

直太郎は父の言いつけを守り、朝靄に包まれた藁店を脱けだした。

文を渡されて読んだ孫兵衛は、すぐさま、町飛脚を使いに走らせた。

しばらくして、蔵人介が見世に駆けつけたときも、直太郎は泣かずに待っていた。

「おっちゃん、おとうが、おとうが……」

「ああ、わかっておる」

蔵人介は文に目を通し、伊勢崎の並々ならぬ決意を読みとった。

一方、直太郎は子どもだけに、なかなか理解できないようだった。

今さら殿様の落とし胤《だね》だと聞かされても、十の子どもにわかるはずはない。

それよりも、父と慕う伊勢崎が自分を置いて居なくなったことのほうに不安を抱いていた。子どもなりに、父親がのっぴきならない事態に巻きこまれ、命懸けで何事かをなそうとしているのがわかるのだ。そして、事によったら二度と戻ってこられないかもしれぬと察している。

「おいらは泣かない。おとうに言われたから」

直太郎は歯を食いしばり、必死に涙をこらえた。

そのすがたがいじらしく、蔵人介は抱きしめてやりたい衝動に駆られた。

孫兵衛はこちらに背を向け、貰い泣きをしている。

おようは何とか元気になってほしいと願い、醬油で味付けした卵粥《たまごがゆ》をつくった。

おかずは蕪《かぶ》の浅漬けだ。

直太郎は蕪を齧り、熱々の卵粥を口をはふはふさせながら食べた。

よほど、腹が空いていたのだろう。

「うんめえ、うんめえ」

と繰りかえし、洟水をさかんに啜った。

蔵人介は、優しいことばひとつ掛けない。

侍の子なら、ひとりで生きぬく気概を持て。

おそらく、伊勢崎ならば、そうやって叱ったにちがいない。

直太郎を託された以上、同じように厳しく面と向かうべきだとおもった。

――この子の将来を頼む。

文には、震える字でそうあった。

修羅場《しゅらば》へ向かう伊勢崎が、父親として綴《つづ》ったものだ。

息子に宛てた内容は、末尾に一行だけ記されてあった。

――泣くな。逞《たくま》しく生きよ。

直太郎は健気《けなげ》にも、父に言われたことを守ろうとしている。

両目に涙を溜めながらも、けっして泣こうとはしなかった。

蔵人介は孫兵衛に合図を送り、直太郎を頼むと目顔《めがお》で伝えた。

そして、卵粥を啜る音を背中で聞きながら、見世から抜けだした。

四つ目垣から小路へ出ると、蟹《かに》のようなからだつきをした従者の串部が暗い顔でやってきた。

病みあがりの身に鞭《むち》を打ち、尾張邸の内情を探ってきたのだ。

「殿、早稲田馬場下の穴八幡で、十を超える侍の屍骸《むくろ》がみつかりました。いずれも一刀で首や胸を斬られておりましたが、一体だけは頭を削がれていたとか。屍骸は尾張家の家臣たちで、なかには柳生一門の門弟もおったそうでござる」

「何だと」

屍骸のなかに伊勢崎がふくまれていたのかどうか、串部には確かめようがなかった。

「何しろ、穴八幡の神主によれば、寺社奉行や町奉行配下の捕り方どもが駆けつけるまえに、尾張家の連中が屍骸をすべて引き取っていったそうで」

事が表沙汰にならぬよう、内々で処理するつもりなのだ。

それでも、これほどの凶事が噂で広まらぬわけがなかった。

ともあれ、伊勢崎の安否を知るには、長手助左衛門に会って聞くしかない。

長手としても、直太郎の行方を捜しているはずだった。

蔵人介は串部と別れ、その足で市ヶ谷の尾張邸へ向かった。

顔見知りの門番が立っていたので、長手に会いたいとだけ伝える。

しばらくすると、死人のように蒼褪めた長手本人が表門にあらわれた。

無言で渡された書付けには「四半刻後に亀岡八幡宮の境内で」とある。

蔵人介は左内坂を下り、市ヶ谷御門の手前から八幡宮への参道をたどった。

四半刻《しはんとき》ののち、人影のない本宮の裏手で待っていると、頭巾をかぶった長手がひとりであらわれた。

「矢背どの、すまぬ。わしも貴公に会いたいとおもうておった」

「伊勢崎どのは、どうなったのでございますか」

「宝来清志郎以下十数名を討ち、みずからも深傷《ふかで》を負った。されど、死なずに血達《ちだる》磨《ま》の態《てい》でわしのもとへやってきた。無念だ無念だと繰りかえし、このわしの枯れ木のごとき腕のなかで逝《い》ったのじゃ」

「やはり、亡くなったのでございますか」

蔵人介は、がっくり肩を落とす。

長手が滑るように身を寄せてきた。

「伊勢崎は、いまわに言うた。おぬしに、御子を託したとな。教えてくれ。直七郎さまは何処におる」

境内の空気が、ぴんと張りつめた。

何故か、長手は殺気を放っている。

もしや、裏切ったのではあるまいか。

直感が囁いた。

あらためて考えてみると、やはり、長手の裏切りなくしては一連の出来事は説明がつきにくい。

蔵人介は、すっと後退った。

その動きをみただけで、長手は察したようだった。

「勘づいたようじゃな」

「やはり、伊勢崎どのを裏切ったのですか」

「ああ、そうじゃ」

長手は悲しげな目でうつむき、呻くように語りだす。

「津島調所から、柳生を尾張家の指南役から外すと脅された」

「まさか、そのようなことが」

「竹腰家の次席家老にできるわけがないと、そうおもうであろう。されどな、調所にはそれをやってのけるだけの力がある。傀儡《くぐつ》ともいうべき斉荘公に、そうせいと言わせればよいだけのことじゃ」

「尾張家から柳生を外せば、徳川宗家が黙っておりますまい」

「であろうな。されど、そうなったらなったで、表向きは指南役に留め、骨抜きにいたす所存であろう。手だてなら、いくらでもある。ともあれ、調所の意向にしたがわねば、尾張柳生の生きのこる道はない」

「そのために、みずからが密命を与えた伊勢崎どのを犠牲にし、ご先代の落とし胤を亡き者にするおつもりなのか」

「情けないはなし、忠臣と見込んだ相手がとんでもない食わせ者じゃった。されど、これも忠義よ。忠義とは過酷なものじゃ」

「笑止千万にござる」

「くふふ、やはりな」

長手は、ふくみ笑いをしてみせる。

「おぬしなら、そう申すであろうとおもうたわ。されど、御子の居所だけは是が非でも聞かねばならぬ。口を噤《つぐ》むとあれば、おぬしを討ち、おぬしと関わりのあるさきを片端から当たってみるしかあるまい」

「詮方《せんかた》ありませぬな」

「やるのか」

「はい」

蔵人介は身構えた。

老いたりとはいえ、相手は尾張柳生きっての剣客だ。

対峙しただけで、五年前の鋭い太刀筋が蘇ってくる。

「わかっておるとおもうが、木刀と真剣は根本からちがう。御前試合と真剣勝負は別物ぞ」

「承知してござる」
卯三郎と本気で向きあった長手の迫力をおもえば、身震いさえ禁じ得ない。
蔵人介は表情も変えず、愛刀の来国次《らいくにつぐ》を抜いた。
梨子地《なしじ》に艶《あで》やかな丁字の刃文、腰反《こしぞ》りの強い二尺五寸の業物《わざもの》だ。
長い柄には八寸の刃を仕込んでいるが、長手は疾《と》うに見切っているだろう。
「ほう、居合を捨てるか」
鞘の内で勝負のできる相手ではない。
「されば、まいろう」
長手は二尺三寸に満たぬ刀を抜きはなった。
脇構えに刀を引き、眼差しを宙に遊ばせる。
偸眼《ちゅうがん》だ。
左右の足を重ね、滑るように近づいてくる。
蔵人介はこれを、気合いを込めた突きで止めた。
青眼で誘いつつ、擦れちがいざまに胴を斬る。
太刀筋を描き、すぐに頭から打ち消した。
長手が穏やかに微笑んでいる。

こちらの手を読みきっているのだ。
蔵人介は動きを止めた。
いや、金縛りにあったように動くことができない。
上段の雷刀から、一歩遅れて斬りむすぶ合撃《がっし》。
意表を衝いて跳躍し、相手の頭蓋を割る大詰《おおづめ》。
無形の位で誘い、唐突に胴を斬りつける老剣《おいのけん》。
刀すらも持たず、相手の白刃を拝みとる山月《さんげつ》。
ありとあらゆる新陰流の技が、脳裏に浮かんでは消えていく。
名人の手を読もうとすれば、たちまちに混沌《こんとん》の渦へ抛《ほう》りだされてしまった。
「かくなるうえは……」
蔵人介は眸子を閉じた。
心を空に置かねば、勝機すらも見出せぬ。
真剣で対峙してみて、あらためて気づいた。
おそらく、勝負は一瞬でつくだろう。
ふたりの域に達すれば、流派も技倆も関わりはない。
恐れ、迷い、焦り、ほんのわずかな動揺。勝負のあやとも言うべき紙一重の差が生死を分ける。

老練な剣客には、それがよくわかっていた。

構えを微動もさせず、念仏でも唱えるようにつぶやいてみせる。

「伊勢崎はな、助けようとおもえば助かったやもしれぬ。とどめを刺したのは、このわしじゃ」

「うぬっ」

迫《せ》りあがってくる怒りを、喉元のところで抑えた。

つぎの瞬間、長手が土を蹴りあげる。

「ふぉ……っ」

跳んだ。

七十にならんとする男が、軽々と二間近くも跳躍した。

蔵人介の眉間めがけ、真っ向から斬りつけてくる。

刹那、伊勢崎に囁かれたような気がした。

――動くな。

蔵人介は右肩に国次を担ぎ、奔流《ほんりゅう》を阻む岩のごとく固まった。

おのれの力ではない何かが、死に急ごうとする動きを食いとめる。

そのとき、長手の切っ先は眼前にあり、蔵人介の身は刀下にあった。

繰りだしたのは「九箇之太刀《くかのたち》」のひとつ、「必勝《ひっしょう》」である。

下馬先で目にした秘技が、修羅場の刹那に飛びだした。

――勝機はみずからひらくもの、まろばしより転じて必勝にいたる。

まさしく、伊勢崎新の魂魄《こんぱく》が憑依《ひょうい》したとしかおもえない。

ほんのわずかに遅れた蔵人介のひと振りは、かえって相手の間を外し、神業と評される男の一撃を上まわった。

どさっと地に落ちた長手は仰臥《ぎょうが》したまま、身動きひとつできない。

脾腹《ひばら》は深々と裂け、口からは血泡を吹いていた。

蔵人介は納刀し、音もなく歩みよる。

「わざと、斬られたのか」

「……お、おぬしでなければ……わ、わしは斬れなんだ」

長手は気力を振りしぼり、震える手を懐中に入れようとする。

すでに喋ることも、目玉を動かすこともできないが、いまわに託したいことでもあるのだろう。

蔵人介は黙って屈み、長手の懐中に手を差しいれた。

文がある。

抜きだすと、長手は安堵したようにこときれた。

「南無《なむ》……」

瞼を閉じてやり、短く経を唱える。

文を袖口に仕舞い、蔵人介は後ろもみずに歩きだした。

十二

五日後、待宵《まつよい》。

月が煌々《こうこう》と輝けばそれだけ、闇の深さは際立った。

川岸で耳を澄ませば、すだく虫の音が聞こえてくる。

小名木《おなぎ》川の注ぎ口に架かる万年橋《まんねんばし》のたもとは、放生会《ほうじょうえ》に亀を放つところだ。

柾木《まさき》稲荷のそばにある桟橋からは、流人《るにん》たちを乗せた大島《おおしま》行きの船も出帆する。

今し方、桟橋から滑りだしたのは流人船ではなく、的に掛ける尾張の重臣たちを乗せた月見船であった。

蔵人介は前方をゆったりと進む大きな屋形船を、船足の速い猪牙《ちょき》で追いかけている。

「たいそう立派な船にございますな」

後ろで棹《さお》を操るのは、船頭に化けた串部だった。

串部だけでは心もとないので、下男の吾助《ごすけ》も連れてきた。

「ほら、あれを。永代橋《えいたいばし》にございますぞ」

今日と明日は富岡八幡宮《とみがおかはちまんぐう》の大祭なので、永代橋周辺は見物人たちで立錐《りっすい》の余地もないほど賑わっている。深川《ふかがわ》寄りの橋詰めには豊饒《ほうじょう》を祝う大きな幟《のぼり》がはためいており、笛や太鼓に合わせて踊る芸者たちの艶やかな手古舞《てこま》いも遠望できた。

つかのまの喧噪《けんそう》を離れ、二艘の船は縦に連なり、永代橋の太い支柱の狭間を擦りぬけていく。ほとんど満月と変わらぬ待宵の月が、追われる船と追う舟を月見の名所である縄手高輪《なわてたかなわ》へと導いていった。

「これほどの凪《な》ぎなら、見逃す恐れはございますまい」

宴を催した月の主は竹腰家次席家老の津島調所、月の友は尾張家大御番頭の宝来勘解由であった。

身分の高い津島のほうが気を使う理由は、宝来が「鋼鉄組」を率いる守旧派の首領格だからにほかならない。しかも、子息の清志郎を失った傷心の身であり、月見に託《かこつ》けて懐柔しておこうという意図が見え隠れしていた。

もちろん、ふたりが余人を交えずに会っていることを、おおっぴらにはできない。竹腰家の重臣たちは幕府寄りで、宝来たちとは反目しているとみられている。尾張家の家中のみならず、幕府にたいしても犬猿の仲とおもわせておくのが得策だと、津島は目算を立てているようだった。

いずれにしろ、ふたりが船上にあるのは、蔵人介にとって好都合なことだ。

余計な邪魔がはいる心配はない。

「行く先は月の岬にあらず、地獄のとば口にござります」

串部の言うとおり、屋形船が向かうさきには地獄の闇が口を開けて待っている。

伊勢崎新の無念を晴らすべく、蔵人介は二日二晩かけて面をひとつ仕上げてきた。面はおのが分身、心に潜む悪鬼の乗りうつった憑代《よりしろ》である。面打ちは殺《あや》めた者への追悼《ついとう》供養《くよう》であり、罪業《ざいごう》を浄化する儀式にほかならない。経を念誦《ねんじゅ》しながら木曾《きそ》檜《ひのき》の表面を削り、鑿《のみ》の一打一打に悔恨《かいこん》と慚愧《ざんき》の念を込めた。

できあがった面は、いつも好んで打つ狂言面ではない。

能面の小尉《こじょう》である。

品位の高い老爺の面で、演目の『高砂』や『弓八幡《ゆみやわた》』などにおいて、のちに神が本性をあらわす前シテの老爺に用いた。遠くを見据える眸子は怒りをふくむ瞋目《しんもく》だが、蔵人介の打った小尉はどことなく笑っているようにもみえる。

それは、長手助左衛門の死に顔にほかならない。

いまわに託された文は、直太郎が先代斉温の実子であることを証明するものだった。津島の主催で今宵に月見の宴があることも記されており、宝来とともに長手も月の友にくわわるはずであったことも示唆《しさ》されていた。

やはり、長手は死を覚悟していたにちがいない。

死を賭して、蔵人介に後始末を依頼したのである。

それが証拠に、文には白い毛髪が添えられていた。

鑿目《のみめ》も荒い小尉の頭頂や鬢《びん》、唇《くち》もとや顎の髭には長手の遺髪が植えこまれている。

信頼する高弟を犠牲にせざるを得なかった剣客の無念が、小尉の面に宿っているような気がしてならない。

「左方に石川島《いしかわじま》がみえ申す。河口からさきに行けば、波も荒くなりましょう」

「よし、横付けにしてくれ」

「かしこまりました」

串部と吾助は左右に分かれ、櫂《かい》で必死に猪牙を漕ぎはじめた。
前方を悠然と進む屋形船との間合いが、徐々に縮まってくる。
しばらくすると、船尾に飾られた月見飾りもみえてきた。
大きな三方《さんぼう》には薄《すすき》が立ち、団子や柿や八頭《やつがしら》が堆《うずたか》く盛られている。
障子は開けはなたれ、屋根の下で催されている宴の様子も把握できた。
三味線の陽気な伴奏に合わせて、浮かれた芸者たちが都々逸《どどいつ》を唄っている。
幇間《ほうかん》は剽軽《ひょうきん》な踊りで座を盛りあげ、主役たちの下品な笑い声も聞こえてきた。
賑やかしの連中に迷惑を掛けるつもりはない。
船に乗りうつり、手間を掛けずに為すべきことを為す。
それだけのことだ。
猪牙は波を蹴り、屋形船の艫《とも》に迫った。
それでも、船上ではしゃぐ連中は気づかない。
猪牙が小さすぎるので、注意を惹かないのだ。
狙いどおりに併走しつつ、串部が大声を張りあげた。
「余興はいかが。田楽も花火もござるぞ」
幇間が細い首を差しだし、怪訝な顔で応じてくる。

「大川のうろうろ舟でもあるまいに、つきまとうでないぞ。去《い》ね、早う去ね」

「幇間め、黙れ」

そうしたやりとりがおこなわれている隙に、蔵人介は舟縁《ふなべり》からひらりと屋形船に飛びうつった。

「ほっ、牛若《うしわか》か」

仁王顔の津島調所が盃を持ったまま、ちらりと目をくれる。

一方、口髭を生やした宝来勘解由は、隣の芸者と乳繰《ちちく》りあっていた。

蔵人介は屋根の下に忍び、背を丸めて上座を覗きこむ。

小尉の面を付けていた。

「ご覧のとおり、牛若にあらず。われこそは尾張柳生随一の剣客、長手助左衛門房茂にござ候」

「何じゃと」

津島は片膝立ちになり、刀架けから刀を取った。

宝来は酩酊しているせいか、振りむきもしない。

小尉の口から、くぐもった声が漏れる。

「あの世の闇からまかりこし、悪党佞臣《ねいしん》を裁いてくりょう」

「……な、何やつじゃ」
津島は吐きすてるや、ずらりと刀を抜いた。
立ちあがった途端、がつっと天井に頭をぶつける。
と同時に、臼のような胴が斜めにすっぱり断たれた。
――ずらっ。
胴の斜め半分が、畳にずり落ちていく。
「ひゃあああ」
芸者たちが叫び、幇間は水面に飛びこんだ。
宝来勘解由は、津島の血飛沫を浴びながら刀を取る。
そして、抜刀しかけた刹那、小尉に素首《そっくび》を飛ばされた。
「ぬひょっ」
宝来の死に首は、勢い余って薄い屋根の羽目板を弾いた。
宙高く舞い、夜空に弧を描きつつ、暗い波間に消えていく。
芸者たちは気を失い、船頭たちは頭を抱えている。
溺れかけた幇間は、吾助の投じた網に救われていた。
蔵人介は面を外し、何食わぬ顔で猪牙に舞いもどる。

串部が櫂先で屋形船の舷《げん》を押すと、猪牙は滑るように離れていった。

## 十三

十日後。

長手助左衛門の遺した文には、直太郎が生きぬく道筋がしめされていた。

それは尾張家から離れ、実父斉温が養子として入った御三卿田安家へ養子として迎えられることだ。

長手の文は蔵人介から橘右近を通じて幕閣にもたらされ、公方家慶の承認を得たうえで尾張と田安の両家へもたらされた。さっそく、直太郎は尾張邸に迎えられ、葉月《はづき》吉日の昏刻《こんこく》、供揃えも華やかに田安家へ向かうこととなったのである。

こうした経緯のなか、直太郎を亡き者にしようとした津島調所の一派や「鋼鉄組」の面々は捕縛され、藩から罰を与えられた。反目する双方の粛正が、家中の引きしめに繋がったことは言うまでもない。

それこそが、長手の願ったことかもしれなかった。

はたして、伊勢崎新は浮かばれたのであろうか。

蔵人介は溜池の「穴場」に立ち、じっと水面をみつめている。

すでに一刻余り、釣り糸を垂れていた。

頬を照らす夕陽はやわらかく、秋風は池畔の薄を揺らしている。

蔵人介の周囲には、曼珠沙華が燃えるように群棲していた。

「彼岸花《ひがんばな》、死人花《しびとばな》、そして捨子花《すてごばな》……」

曼珠沙華の異名を、唄うように口ずさむ。

ふと、小さな気配が背後に立った。

おもわず、頬が弛む。

振りむかずとも、わかっていた。

忍び足で近づいてくるのは、直太郎にほかならない。

いつもの小汚い風体ではなく、髷《まげ》は凜々しい郎君《ろうくん》風につくりこみ、身には高価な絹の衣を纏っていた。

「ほう、みちがえたな。馬子《まご》にも衣装とはこのことだ」

「窮屈すぎて、やってらんないや」

「今から、田安家へ向かうのか」

「ああ、そうさ」

「こんなところで道草を食っていてよいのか」

「いいに決まってんだろう」

「それにしても、よくここがわかったな」

「勘が良いのは、おとう譲りさ」

蔵人介は、ぐっと返答に詰まった。

伊勢崎はこれからもずっと、直太郎の父親でありつづけるのだ。

そうおもうと、感極まってしまう。

即席の若殿は、陽気につづけた。

「土手のうえに駕籠を待たせてあるのさ。田安家の御屋敷にはいったら、二度と来られねえかんな」

そうおもったら矢も盾もたまらず、駕籠から逃れてきたらしい。

今ごろ、供人《ともびと》たちは血相を変えて捜していることだろう。

想像しただけでも、蔵人介は楽しくなってくる。

「釣れたかい」

直太郎は裾を端折《はしよ》って屈み、魚籃《びく》のなかを覗いた。

「何かいるぞ」

「鯰《なまず》さ。主《ぬし》ではないから安心しろ」

「坊主じゃないだけ上等さ。でも、おっちゃんの狙いは主なんだろう」

「ああ、そのとおりだ。されど、今日は難しそうだな。そろりと退散するか」

杏子《あんず》色の夕陽が釣瓶《つるべ》落としに沈みかけると、溜池は深紅《しんく》に染まっていった。

――くん。

引きがある。

「おっ」

今までにおぼえのない強烈な引きだ。

「来たぞ、直太郎」

「うん、わかってる。主だよ。おとうが呼びよせたんだ」

「ぬうっ」

竿が持っていかれそうになった。

直太郎が竿にしがみついてくる。

「踏んばれ」

「うん」

二の腕に力を込め、ふたりで一本の竿を持ちあげた。

――ばしゃっ。

金色の飛沫が跳ねた。

くの字に跳躍したのは、目の下五尺はある金鯉だ。

「ひゃっ、主だ」

直太郎が嬉々として叫ぶ。

刹那、ぷつんと糸が切れた。

「ぬわっ」

ふたりは折重なるように尻餅をつく。

起きあがってみると、水面はしんと静まっていた。

口惜しいというより、夢から醒めた気分だ。

「おっちゃん、主だったね」

「ふむ、まちがいあるまい」

釣り落として、かえってよかったのかもしれない。

直太郎も誇らしげにうなずいてみせる。

「引きよせただけでも、凄いことさ」

「ああ、そのとおりだ」

金鯉はきっと、直太郎の門出を祝うためにすがたをみせてくれたのだ。

「……若様、若様はどちらに」

土手のうえから、供人たちの叫び声が聞こえてくる。

直太郎は悲しげにうつむいた。

「もう、行かなきゃ」

「そうだな」

蔵人介は一歩近づき、直太郎の肩を抱きよせた。

「良い殿様になれよ」

「うん」

小童はこっくりうなずき、身を離すと、涙を拭きながら踵を返す。

そして、数歩進んで振りむき、朗らかに言った。

「おっちゃん、ありがとう」

土手を駆けあがる後ろ姿が、何やら逞しくみえる。

「礼を言わねばならぬのは、こっちのほうさ」

蔵人介は、土手に向かって頭を垂れた。

――ぎっ、ぎっ。

茜《あかね》に染まる彼方の空から、櫓《ろ》をおすような音が聞こえてくる。
眸子を細めてみやれば、雁《かり》の群れが竿になって飛んでいた。
「初雁か」
常世《とこよ》の使者は、惜しまれて逝った剣客たちの言伝《ことづて》でも携えてきたのだろうか。
遺恨や思惑を排し、長手助左衛門や伊勢崎新と純粋に立ちあってみたかった。
暮れなずむ池畔に悄然《しょうぜん》と佇み、蔵人介は心の底からそうおもった。

# 鷹の羽

## 一

庭に咲く金木犀《きんもくせい》の芳香が座敷に忍びこんでくる。

葉月《はづき》も終わりに近づき、朝夕はずいぶん肌寒く感じられるようになった。

蔵人介は今日も卯三郎に命じ、毒味に使う竹箸を削らせている。

手先は存外に器用で、骨法《こつ》を摑むのも上手い。

鬼役に必要な所作はたちどころにおぼえ、立ち居振るまいも申し分なかった。

毒味作法は禅に通じ、禅は剣に通じる。とりわけ、息を深く吸って少しずつ長く吐きつづける呼吸法には共通するものがある。卯三郎は練兵館の厳しい稽古で呼吸法を体得しているため、毒味御用に耐えられるだけの素地を備えていた。

もちろん、一朝一夕に成せるものではない。

箸使いから椀の取り方まで、からだに覚えこませねばならぬことは多かった。なかでも、尾頭付きの骨取りは鬼門《きもん》である。

鬼役は公方の膳に供される鯛《たい》や鱸《すずき》のかたちを変えずに、手際よくすべての骨を除かねばならない。

「そんなことができるのでござりますか」

卯三郎は正直な気持ちを口に出した。

「できねば困る」

できねば毒味御用を家業とする矢背家を継がせるわけにはいかない。

刃のような目つきで睨みつけてやると、卯三郎は生来の負けん気を黒目がちの瞳に滲ませた。

蔵人介はこうしたとき、亡くなった卯木卯左衛門《うつきうざえもん》の台詞をおもいだす。

――あやつめ、魚の骨取りがたいそう上手うござってな。わが子ながら、猫ではあるまいかとおもうほどで。

役無しの小普請《こぶしん》で燻《くすぶ》っていた息子のことをおもい、父は「毒味作法を仕込んでもらえまいか」と頭を下げた。だいじな息子を毒味役にしたい親など会ったこともなかったので、正直、蔵人介は面食らった。だが、父親の目は真剣そのもので、涙ぐんでさえいたのだ。

あれはあきらかに、みずからの死を予感していた父卯左衛門の遺言だったと、今でもおもっている。

卯左衛門は納戸方《なんどかた》の小役人であったが、上役の横領に勘づき、そのことを告白できずに死出《しで》の旅へ向かったあげく、最後は上役に刃向かって斬殺された。家督を継いでいた兄も上役から激しい虐《いじ》めを受けて耐えきれず、部屋へ籠もったすえに乱心し、実母を手に掛けたうえで自刃した。

天涯孤独になった卯三郎を隣人の誼《よしみ》で預かってから、考えてみればまだ一年と経っていない。そのことが蔵人介には信じられなかった。卯三郎は矢背家にとって、もはや、なくてはならない家族のひとりになっているからだ。

「いつも申しておるとおり、何よりもだいじなのは邪心を除くことだ。心に一片の迷いがあれば、かならずや失態を演じよう。鬼役の失態は死をも招く。小骨一本で命を落とすのが鬼役というものだ」

「はい、承知しております」

「いいや、おぬしはわかっておらぬ。魚の骨取りごときに命を懸けていられるかと、心の底ではおもうておろう」

「けっして、そのようなことは。それがしは立派な鬼役になると、父の墓前に誓いました。無惨な死を遂げた父や母や兄のためにも、ご当主さまに優るとも劣らぬ鬼役になりたいのでござります」

蔵人介は、ぎろりと睨みつける。

「武士に二言はないな」

「二言はござりませぬ」

「よし、さればはじめよう。今宵から尾頭付きに挑むのだ」

「……ま、まことにござりますか」

卯三郎は感激のあまり、目に涙さえ浮かべてみせる。

何百本となく箸削りばかりやらされてきただけに、尾頭付きと聞いて嬉しさが込みあげてきたのだ。

それはまた、卯三郎が後継者として認知された瞬間でもあった。

蔵人介が部屋から出て合図を送ると、幸恵が心得ていたかのように箱膳を手にしてあらわれた。

大皿のうえには、こんがり焼けた甘鯛《あまだい》の尾頭付きが載せてある。

どこで仕入れてきたのか、卯三郎ならずとも気になるところだ。

「余計な詮索はいたすな。それが邪心に通じるのだ」

蔵人介はひとこと言いおき、席を立とうとする。

卯三郎がうろたえた。

「どちらへ」

「一刻の猶予《ゆうよ》を与えるゆえ、みずから工夫して骨を取ってみよ。ただし、頭、尾、鰭《ひれ》のかたちを変えてはならぬ。わしは十七で矢背家の跡目を相続し、二十四でお城への出仕を赦《ゆる》された。十七から二十四にいたる七年間は過酷な修行の日々であった。毒味作法のいろはを、養父から手厳しく仕込まれたのだ。されどな、七年のうちの大半は鯛の尾頭付きを睨んでおった。文字どおり、睨み鯛さ。養父は骨取りを手取り足取り教えてはくれなんだ。みずから工夫して会得した技でなければ、ものの役には立たぬ。そのことを、わしはあとで知ることになった」

不安げな卯三郎を残して部屋を出ると、玄関先に色白の優男《やさおとこ》が訪ねてきた。

「ごめんくださりまし。すずしろの銀次《ぎんじ》でごぜえやす」

四谷の鮫《さめ》ヶ橋《はし》坂で夜鷹《よたか》会所を営む元締めだ。江戸の裏事情に精通しており、いざというとき頼りになる。若くして会所を任されているだけあって、腹も据わっていた。

それにしても、銀次が自邸に訪ねてくるとは、よほどのことがあったにちがいない。

蔵人介は上がり端《はな》まで歩を進め、親しげな笑みを浮かべた。

「おう、銀次か。久方ぶりだな」

「お久しゅうござんす。旦那にゃいつもお世話になっておりやす」

「どうした、何かあったのか」

「昨晩遅く、筋違《すじかい》御門橋の北詰めで、夜鷹がひとり斬られやした」

「辻斬りか」

「へい、おそらくは」

銀次の目には殺意が宿っており、声には静かな怒りが込められている。

「夜鷹の名はおしな、やっと乳離れした幼子がひとりおりやした。おしなはその子がつ離れするまでは身を粉《こ》にして稼ぐんだと言いはり、朝夕は天秤棒を担いで野菜を売りあるき、夜は寝る間も惜しんで辻から辻へ身を売る相手を捜しあるいておりやした」

それが何者かに胸を八文字《はちもんじ》に斬られ、襤褸屑《ぼろくず》のように死んでしまったという。

「下手人をみた者はおりやせん。屍骸のそばに、こいつが落ちておりやしてね」

袖口から差しだされたのは、木彫りの根付《ねつけ》だった。

「左一山《ひだりいっさん》の彫った兎でごぜえやす」

「ん、みせてみろ」

掌に載せ、目を近づけてみる。

「……こ、これは」

おぼえがあった。

銀次もうなずく。

「やっぱり、そうでやしたか。道具屋を虱潰《しらみつぶ》しに当たったら、持ち主らしきお方の名がわかったもので、旦那のご迷惑も顧《かえり》みずに足を運ばせてもれえやした」

まちがいない。卯木卯左衛門が息子の卯三郎に与えた形見の品だ。

蔵人介は振りむき、後ろで心配そうに控えている幸恵に声を掛けた。

「幸恵、卯三郎をここへ」

「はい」

鯛と睨めっこをしていた卯三郎が、何事かという顔でやってくる。

「卯三郎、これはおぬしの根付だな」

兎の根付を手渡すと、卯三郎は不審げにうなずいた。

蔵人介は顎を突きだし、ぐっと睨みつける。

「昨夜、辻斬りに遭ったほとけのそばに落ちていたそうだ」

「えっ」

素《す》っ頓狂《とんきょう》な声をあげる卯三郎に、銀次が慌てて声を掛けた。

「あっしは卯三郎さまが下手人だなんて、これっぽっちもおもっちゃいねえ。きっと何処かに落としちまったにちげえねえと、そうおもっておりやすんで」

「いいや、落としたのではない」

卯三郎はきっぱりと言い、うつむいた顔を曇らせる。

「じつは、貸したのだ」

「いってえ、誰に貸したと仰るので」

顔色の変わった銀次を制し、蔵人介が厳しい口調で問うた。

「正直に申せ。根付を誰に貸した」

「舟形満《ふながたみつる》という道場の兄弟子でござります。根付は質草《しちぐさ》にされたにちがいないと、なかばあきらめておりました」

舟形はとんでもない男で、遊び金欲しさに賭け試合をしたり、道場破りのまねごとを繰りかえし、それが館長の斎藤弥九郎にみつかって練兵館を破門されたらしかった。

ところが、卯三郎は道場で格別に親しくさせてもらい、兄代わりとしていろいろ面倒をみてもらったので、舟形が破門されてからも無下《むげ》にはできず、呼ばれれば酒席にも何度かつきあっていた。

酔った勢いで根付を貸して欲しいと懇願され、仕方なく言うとおりにしてしまったのだという。

「形見の根付を渡すとは、軽率にもほどがあろう」

「仰せのとおりにござります。されど、それがしは舟形さまの人となりを信じております。舟形さまが下手人のはずはありません。そのような非道なまねができる方ではありません」

ともあれ、本人と直にはなしてみなければ埒《らち》は明かない。

蔵人介は、卯三郎ともども明日になったら舟形を訪ねてみると約束し、銀次に引きとってもらった。

部屋に戻っても、集中を欠いた卯三郎は骨取りのできる様子ではない。

それでも、蔵人介は敢えて止めようとしなかった。

身をもって役目の苛酷さをわからせる好機でもあるからだ。

不測の事態が生じても、けっして心を乱してはならぬ。それが鬼役である。

おかげで、卯三郎は空が白《しら》んで雀の鳴き声が聞こえてくるまで、一睡もせずに尾頭付きと睨めっこをさせられるはめになった。

二

翌日、蔵人介は卯三郎の導きで浅草橋《あさくさ》へ向かった。

北詰めの川沿いにある一膳飯屋に舟形満が仲間と屯《たむろ》していると聞いたからだ。

小汚い見世の敷居をまたぐと、焼き魚や漬物や酒の匂いが漂ってくる。

無愛想な親爺しかいないわりに客の入りはなかなかのもので、酔客たちは得手勝手に床几《しょうぎ》に陣取り、酒を酌みかわしていた。

「たぶん、奥におられます」

卯三郎は勝手知ったる者のように足を運び、床几の奥をめざす。

煤《すす》けた衝立《ついたて》の向こうで、むさ苦しい浪人がひとり酒を舐めていた。

「舟形さま」

卯三郎に呼ばれ、浪人は無精髭のめだつ赭《あか》ら顔を持ちあげる。

とろんとした眸子をみただけで、蔵人介は舌打ちしたくなった。

「誰かとおもえば、卯三郎ではないか。よいところへ来た。ちと銭を貸してくれ」

発したそばから親爺を呼びつけ、酒の追加を注文する。

うつむく卯三郎を押しのけ、蔵人介が衝立の端から顔を覗かせた。

舟形は殺気を感じたのか、右脇の刀に手を伸ばしかける。

「やめておけ」

蔵人介が低く漏らすと、充血した目で睨みつけてきた。

「まるで、野良犬だな」

皮肉を吐いた途端、黄色い歯を剝きだす。

「うるせえ」

殺気が膨らんだところへ、親爺が銚釐《ちろり》を携えてきた。

衝立の向こうに客の笑いが起こり、殺気は萎《しぼ》んでいく。

蔵人介は座りもせず、落ちついた口調で問うた。

「おぬしにひとつ、聞きたいことがある」

舟形はごくっと唾を呑みこみ、尖った喉仏を上下させる。

「聞きたいこととは、何だ」

「卯三郎から兎の根付を奪ったであろう。それをどうした」

「何だ、そんなことか」

舟形はつまらなそうに溜息を吐き、立ち呆《ほう》けていた親爺から銚釐を引ったくる。

盃には注ぎもせず、銚釐の注ぎ口から直に喉へ流しこんだ。

「ぷはあ、美味《うめ》え。兎の根付なら無くしちまったわ」

「何だと」

「おっと待て、焦るでない。無くしたさきの見当はついておる」

卯三郎がたまらず、ふたりのあいだに割ってはいった。

「何処で無くしたのですか」

舟形は酒を注ぎながら、にやりと笑う。

「そういえば、あの根付は父の形見であったな。卯三郎よ、ここの勘定を払ってくれたら、無くしたさきを教えてもよいぞ」

蔵人介が素早く動き、舟形の胸倉を摑んで捻《ね》じあげた。

「それでも武士か、矜持《きょうじ》は何処に捨てた」

「……く、苦しい……は、放してくれ」

ぱっと手を放すと、舟形は床に尻餅をついた。

「くそっ、痛えなあ。いったい誰なんだ、あんたは」

蔵人介は襟を正す。

「わしは矢背蔵人介、卯三郎の父親代わりだ」

ぴくっと卯三郎が反応し、一方の舟形はせせら笑う。

「なあるほど、はなしには聞いておったぞ。公方の鬼役ってのは、あんたのことか。殺気を帯びて近寄ろうものなら、たちまちに首を落とされてしまう。あんた、居合の達人らしいな」

「わしのことはいい。根付を無くしたさきを教えろ」

「おっと、そうであった。三日前の夕刻、道場荒らしをやった。どうせなら、名の知れたさきがよかろうとおもうてな、御徒町《おかちまち》の練武館《れんぶかん》へ向かったのよ」

「練武館と申せば心形刀流《しんぎょうとうりゅう》、伊庭軍兵衛《いばぐんべえ》どのの道場か」

「さよう。伊庭道場の表看板を外し、道場の床に土足であがったのさ」

それだけのことをすれば、相手はかならず挑発に乗ってくる。舟形は同じ手で道場荒らしをいくつかやり、賭け試合に持ちこんで小銭を儲けていた。

「案の定、怒りで顔を染めた門弟どもが駆けよせ、わしを取りかこみおった。どうせ、雑魚《ざこ》ばかりであろうと高をくっておったら、ひとりだけ目力の強いのがおった。名は小田切数馬《おだぎりかずま》と申したか、ともあれ、目つきが尋常でない。狂気すら帯びておってな、そやつと睨みあっておる隙に、ほかの連中が木刀を掲げて左右から襲いかかってきた。気づいてみたら、着物がぼろぼろに裂けておったのよ」

賭け試合どころではなくなり、舟形は這々《ほうほう》の体《てい》で道場から逃げてきた。

「揉みあいになったとき、根付を落としたにちがいない」

間髪を容れず、蔵人介は言った。

「よし、今から伊庭道場へ参ろう。おぬし、案内いたせ」

「げっ、まことかよ」

嫌がる舟形の襟首を掴み、見世の外へ蹴りだす。

見上げる空は凶事の兆しなのか、どすぐろい雨雲に覆われていた。

めざす伊庭道場は、大小の武家屋敷が密集する御徒町の一隅にある。

三人は向柳原《むこうやなぎわら》の大路に沿って三味線《しゃみせん》堀へ向かい、途中で大名屋敷のさきを左手に曲がって進んだ。

浅草橋からでも、さほど遠いところではない。

伊庭道場が御徒町にあるのは、三代目以降の道場主が旗本身分を継いできたから秀業《ひでなり》だ。なかでも出世を遂げたのは、七代目の養子となって八代目を継いだ軍兵衛秀業《ひでなり》で、老中水野忠邦の推挙を得て書院番士《しょいんばんし》となっていた。

それゆえ、門弟には幕臣や名だたる藩の藩士たちが多い。

御徒町の拝領地は広く、三百坪の敷地に百畳敷きの道場を備えていた。

「ご存じかとおもうが、かの道場には役付であることを鼻にかけた鼻持ちならぬ連中が大勢いる。惰弱な気風を排すると豪語し、粗暴なおこないで町人たちに迷惑を掛ける。臑毛《すねげ》丸出しの高下駄で肩を怒らせた連中をみたら、まずまちがいなく伊庭道場の門弟たちだろう」

そうした連中の鼻っ柱を折るべく賭け試合に持ちこもうとしたのだと、舟形は言い訳がましいことを抜かす。

懲りないやつだなとおもいつつも、憎めないところもあると蔵人介は感じていた。

斎藤弥九郎から破門を申しわたされても、自暴自棄になるでもなく、飄々《ひょうひょう》と浪人暮らしをつづけている。賭け試合も生きるためには仕方のないことと割りきり、武士の矜持など掃きだめに易々と捨てさる。並みではない潔さとしぶとさに、おそらく、卯三郎も惹かれているにちがいない。

三人は伊庭道場の門前までやってきた。

「それで、わしはどうすればよい」

舟形に問われ、蔵人介は表情も変えずに応じる。

「謝るのだ」

「えっ」

「先日の無礼を陳謝しろ。ことによったら、土下座をさせられるかもしれぬ」

「げっ、土下座を」

「さよう、おぬしが土下座をしてでも気持ちを伝えねば、こちらのはなしを聞いてはもらえまい」

「んなこと、できるかよ」

「おぬしならできる。小銭さえ手にすれば、平然と武士の矜持をどぶに捨てさる男ゆえな」

舟形はぐっと歯を食いしばり、つぎの瞬間、弾けたように笑いだす。

「ふへへ、さすが天下の鬼役、よくわかっておるではないか。よし、土下座してやる。空威張り《からいば》りの好きな糞どもに、へいこら頭を下げてやる。その代わり、酒代を貰うぞ。一升、いいや、二升ぶんの酒代だ」

浅ましいにもほどがあるとでも言いたげに、卯三郎が顔を赤らめた。

蔵人介は門を潜って玄関先まですたすた歩き、若い門弟に案内を請う。

門弟は舟形の顔をみてはっと息を呑み、血相を変えて奥へ引っこんだ。

しばらくすると、血の気の多い連中がぞろぞろ玄関先へやってきた。

舟形は先手を打ち、蔵人介も驚くほどの素早さで地べたに平伏す。

「すまぬ。方々《かたがた》、先日の無礼を詫びたい。このとおりだ」

さすがに土下座は想定外だったらしく、門弟たちはしんと静まりかえった。

「けっ、意気地無しめ」

癇高い声が響いた。

門弟たちが左右に分かれ、目つきの鋭い面長の男が踏みだしてくる。

「小田切数馬か」

おもわず、舟形が名を漏らした。

「道場荒らしのつぎが、土下座とはな」

小田切はゆっくり近づき、ふいに歩を止める。

泰然と佇む蔵人介に気づいたのだ。

「そちらは」

「申し遅れた。拙者は矢背蔵人介と申す」

「幕臣か」

「いかにも、本丸の御膳奉行にござる」

「ほほう、公方さまの鬼役か」

小田切の目がきらりと光る。

手に木刀はなく、腰に長めの刀を柄下《つかさ》がりの閂差《かんぬきざ》しにしていた。

「鬼役が何でまた、野良犬の付き添いを」

野良犬と呼ばれ、舟形は奥歯をぎりっと嚙みしめる。

蔵人介は構わず、平気な顔で応じてみせた。

「ちと、門弟の方々に聞きたいことがござってな。伊庭先生のお許しを得られればありがたいのだが」

「館長は不在だ。わしが代わりに聞いてやろう」

小田切は薄い唇《くち》もとを舐めた。

なるほど、狂気を帯びた眸子だとおもいつつ、蔵人介は静かに問う。

「兎の根付を拾った方はおられぬか。先日の揉みあいで、こやつが落としたであろう根付でござる」

「その根付に、どのような謂《い》われがあるのだ」

「こやつのものではない。じつは、後ろに控える卯木卯三郎が亡き父から譲りうけた形見の品でな」

「なるほど、そうした事情か」

小田切は振りむきもせず、門弟たちに大声で問う。

「このなかに、兎の根付を拾った者はおらぬか。おったら、名乗りでよ」

しんと静まり、しわぶきひとつ聞こえてこない。

「ふん、土下座のし損か」

舟形が吐きすて、立ちあがって膝をぱんぱんと払った。

その仕種が気に入らなかったのか、小田切が前触れもなく刀を抜いた。

「つおっ」

右八相から袈裟懸けを狙い、ためらいもなく斬りさげてくる。

舟形は不意を衝《つ》かれ、受け太刀ができない。

――きいん。

振りおろされた凶刃は、素早く抜かれた蔵人介の白刃に阻まれた。

「くっ」

小田切は弾かれた勢いで、二歩ばかり後退った。

蔵人介は目にも止まらぬ捷《はや》さで、愛刀を鞘に納める。

弾いた白刃に、血の臭いを嗅《か》いでいた。

「居合か」

小田切は漏らし、口惜しげに納刀する。

卯三郎も門弟たちも、ことばを失っていた。

「長居は無用だ」

蔵人介が踵《きびす》を返しても、動こうとする者はいない。

舟形と卯三郎が、慌てて背中にしたがった。

「鬼役め、おぼえておれ」

門の内から、悔しまぎれの怒声が聞こえてくる。

「狂犬の遠吠えだな」

蔵人介が吐きすてると、舟形はさも嬉しそうに腹を抱えた。

三

すずしろの銀次が訪ねてきたのは、町木戸が閉まる亥《い》ノ刻に近いころだ。

空には月もなく、闇があたりを支配していた。

「旦那、つい今し方、またひとり斬られやした」

夜鷹屋の元締めは玄関先に佇み、表情もなく言った。

凶事があったのは上野不忍池《うえのしのばずのいけ》の池畔、無縁坂《むえん》を下ったさきである。

「斬られたのは両刀差《りゃんこ》しの侍《さむれ》えでごぜえやす。池に向かって小便を弾いていると
ころを狙われたようで」

人の気配に振りむいた刹那、胸を八文字に斬りさげられたらしい。

「また八文字斬りか」

夜鷹のおしなが殺られたのと同じ、特異なやり口だった。

おしなのときも侍のときも、銀次は町奉行所の役人より早く駆けつけ、血腥《ちなまぐさ》い
水際にしばらく佇んでいたという。

「金瘡《きず》はみたか」

「へい」

ふたつの金瘡は、首筋のほぼ同じ位置から斬りさげられていた。しかも、向かっ
て左の金瘡より、右の金瘡のほうが長かったという。

「右を斬ってのちの左ではない。ふたつの金瘡は同時につけられた。ということ

は」

「そうだ。左の金瘡は脇差《わきざし》のもの、それゆえ、短かったに相違ない」

蔵人介は両手をうえに持ちあげ、刀を握っているつもりで左右に引いてみた。

「やってみると、難しい技だぞ」

「そのようでござんすね」

銀次は手口よりも、気になっていることがあるようだった。

「あっしは、野郎の息遣いを肌で感じたんだ。まちがいねえ。殺った野郎はたぶん、そばに潜んでおりやした」

気のせいであろうとは断じきれない。

闇に生きる銀次の獣じみた直感は信用できる。

「ところで、根付のほうはいかがでごぜえやしたか」

「ひとり、怪しい男をみつけた」

「ほう、それは」

「伊庭道場の小田切数馬なる者だ。証拠《あかし》はない。ただ、微かではあったが、抜いた白刃に血の臭いを嗅いだ」

「そいつは捨ておけねえ。さっそく、調べさせてもれえやす」

「調べて辻斬りとわかったら、どうする」

「申すまでもござんせん」

会所の元締めとして、けじめをつけねばならぬ。おしなの仇《かたき》を討つのだ。

銀次がどうするか、江戸じゅうの夜鷹たちが固唾を呑んで見守っている。

「早まるなよ」

銀次は蔵人介のことばに微笑み、音もなく消えた。

入れ替わりにあらわれたのは、従者の串部六郎太《ろくろうた》だ。

蔵人介も串部に命じ、小田切の素姓を調べさせていた。

「銀次のやつ、いつになく気合いがはいっておりますな」

「詮方あるまい。ここで俠気《きょうき》をみせねば、会所の元締めはつとまらぬ」

「たしかに」

うなずく串部を誘い、冠木《かぶき》門の外へ出た。

廊下の端で立ち聞きをする卯三郎の気配を感じたからだ。

「根付を落とした兄弟子のことが案じられるのでござりましょう。それにしても、形見の根付を質草に流されてもよいとおもうほどだから、よほど恩を感じておられるのでしょうな」
賭け試合をして破門された男に、何故、それほど恩を感じるのか。
卯三郎は、その理由を喋りたがらない。
蔵人介も敢えて聞こうとはしなかった。
夜空を見上げれば、どす黒い群雲《むらくも》が流れている。
浄瑠璃坂を下りていくと、一陣の旋風に裾をさらわれた。
ふたりは坂下へたどりつき、濠端を愛敬《あいきよう》稲荷に向かって歩く。
――りん、りん。
向かうさきから都合よく、風鈴蕎麦の屋台がやってきた。
「ほほう、二八蕎麦ですな」
ぐうっと、串部が腹を鳴らす。
蕎麦屋を見掛けるのは、春先以来のことだ。
ふたりが歩を進めると、親爺は屋台を道端に下ろした。
「燗酒と掛けふたつ」
串部が片手で暖簾《のれん》を分け、威勢良く言いはなつ。
白髪の親爺が振りむき、愛想笑いを浮かべてみせた。

「長寿になる菊酒もできやすが、いかがいたしやしょう」

「おっと、そいつはいいな」

串部に求められて蔵人介がうなずくと、しばらくして燗酒が差しだされる。

銚釐からなみなみと注がれた盃に、親爺は菊の花弁を浮かせた。

たったそれだけの細工で、倍の代金を取るという。

げんなりしたが、縁起物なので文句もつけられない。

串部は菊酒を舐めつつ、肝心なことを語りはじめた。

「小田切数馬の父親は、職禄七百俵の腰物《こしもの》奉行にござりました。諸大名から公方さまに献上された刀剣の斬れ味をためすべく、元鳥越町《もととりごえちょう》にある自邸の裏口から早桶が運びこまれることもあるようで」

早桶に納めてあるのは、様斬《ためしぎ》りにする罪人の屍骸《むくろ》だった。すでに首はなく、血抜きもほどこされている。魂の抜けた肉のかたまりにしかすぎぬものの、重ね斬りにするにはかなりの勇気が要るであろう。

「小田切家に実子はおりませぬ。何でも幼い時分に麻疹《はしか》で亡くしたとかで、数馬は春先から家にはいったばかりの養子にござります」

小田切家は数代前から腰物奉行に任じられており、血腥い印象があるのか、幕臣のなかでは縁組先として敬遠されていた。その点は毒味を家業にする矢背家の事情と似ている。要するに、養子のなり手がいなかった。

「そこへ、数馬があらわれた。近所の噂では、春先まで見掛けたこともなかった若侍がいつのまにか家に住みつきはじめたのだとか」

「それが数馬だと」

「妙なはなしでござりましょう。養嗣子であるにもかかわらず、隣近所への挨拶もなければ、しかるべき筋に届けを出した様子もないとかで。さらに、ほかにも妙なことがござります」

幼いころに麻疹《はしか》で亡くなった実子の名が、じつは数馬だったという。

「つまり、養子にはいった者が何故か、実子の名を名乗っているのでござる」

実子の死亡届けも廃嫡《はいちゃく》届けもなされておらず、他人が実子になりすましているのかもしれない。

「となれば、数馬は入《い》れ子《こ》ということになります」

「入れ子か」

幕府への届け出もなく、他人が他家の嗣子になりかわる。

それを「入れ子」と呼ぶのだが、無論、褒められたおこないではない。

幕府の触れでも禁じられているものの、禁を犯す貧乏旗本は後を絶たなかった。金持ちの商人や町人で子息を幕臣にしたがる親は大勢いる。そうした連中が仲介者に縁組を依頼し、持参金をつけて子息を「入れ子」にするのだ。受けいれる側も持参金めあてに「入れ子」を所望《しよもう》する。いわば、幕臣身分を餌にした人身売買のごときおこないが横行していた。

「昨今、生活に困って子を売る旗本も多いと聞きまする」

実子があるにもかかわらず、持参金欲しさに外から養子を迎える。あるいは、実子は末期養子のなり手がなくて困っている家に貰ってもらい、養子先から仕送りをさせる。そうした旗本も増えているのは確かだった。

はなしが途切れた頃合いをみはからって、親爺が二八蕎麦をとんと置いてくれた。

「ふふ、おまちかね」

ぞろっと、串部は蕎麦を啜る。

「小田切家には出入りの古道具屋がござります。当主は代々、刀剣を蒐集《しゆうしゆう》しておるそうで、古道具屋が申すところでは、蔵には鈍い輝きを放つ刀が数多く納めてあるはずだとか」

養嗣子となった数馬が蔵に忍びこんで刀をひと振り選び、夜な夜な様斬《ためし》りの獲物を求めて徘徊していることもあり得ないはなしではない。

串部は何食わぬ顔で、湯気の立った蕎麦を啜る。

「美味《うも》うござるな」

蔵人介もひと啜りしてうなずいたが、鬱々《うつうつ》とした気分のせいか、味の良し悪しなどよくわからなかった。

四

銀次が兎の根付を拾わなければ、町方の探索によって持ち主が判明し、卯三郎に嫌疑が掛かっていたかもしれない。あるいは、舟形満が濡れ衣《ぬれぎぬ》を着せられた公算も大きかった。

いずれにしろ、辻斬りの下手人は意図して兎の根付を屍骸のそばに捨てたのだろう。

卯三郎の気持ちを考えれば放ってはおけぬものの、これといって新たな動きもなく、暦は長月《ながつき》に変わった。

長月は菊月、重陽《ちょうよう》の節句が近づくと、城内に鉢植え自慢の幕臣たちが増えてくる。

今年のできばえはどうのと、わが子や孫の成長を自慢するように菊を語る連中を眺めていると、命懸けで毒味御用にいそしむことが何やらばからしく感じられた。

蔵人介は笹之間にあって、朝餉の毒味を終えつつある。

公方の御膳には秋らしく、栗や柿や茸などの山の幸が盛りだくさんに供された。魚も豊富にある。鮭《さけ》と鱒《ます》の塩焼きに鰊《にしん》の塩煮付け、鯖《さば》のぬた和えには白髪茗荷《しらがみようが》が添えられ、はしり白魚《しらうお》には胡麻味噌が引いてあった。ひと塩鯛のおろし身は若狭《わかさ》昆布と粒胡椒《こしよう》で味を調え、添え物には衣かつぎや葉生姜《はしようが》が付いた。

蔵人介は手際の良い箸捌《さば》きで食べ物の切片を摘《つま》み、口に入れて音もなく咀嚼《そしやく》する。

もちろん、毒の有無ばかりではなく、味の良し悪しや塩加減などの微妙なちがいも判別できた。

公方に供される膳は小納戸方によってさげられ、汁物は隣部屋で温めて並びかえたのち、小姓たちの手で奥の御休息《おきゆうそく》之間へ運ばれる。公方の口にはいるころには、どれもみな冷めきっており、本来の美味を損なっていた。

「考えてみれば、われわれ鬼役が日の本でいちばん美味しいものを食しておるのかもしれぬ、くかかか」

相番の桜木兵庫は、鬼役におよそ似つかわしくない太鼓腹を揺すって笑う。

この男、笹之間にただ座っているだけで、きちんと毒味をやったことがない。ほとんどすべて相番に任せきりだった。

もっとも、魚の骨取りなど危うくて任せられぬ。

「さすがのお手並み、矢背どのの手に掛かった鯛は幸運にござる」

などと、褒めちぎられても嬉しくも何ともない。

役目もろくにこなすことのできぬ大食漢が、どうして鬼役に留まっているのか、蔵人介にはまったく理解できなかった。

今の時節、匂いを楽しむのが松茸《まつたけ》ならば、歯ごたえを楽しむのは木耳《きくらげ》だ。吸い物の実に使われたじゅんさいも歯ごたえはよい。吸い物はほかに占地《しめじ》と小海老の取りあわせが絶妙なひと品もあり、切り柚子《ゆず》をちりばめた大根の汁などもあった。菊のおひたしや水煮にして渋皮を取った丹波《たんば》の勝栗《かちぐり》も季節を感じさせるものだが、公方家慶がみずから所望したのは、駒込《こまごめ》産の秋茄子である。

これだけは譲れぬとばかりに、桜木も秋茄子の浅漬けに手を伸ばした。

咎める気も失せたので放っておくと、肥えた相番はぷつっと茄子を齧り、途端に頬を弛める。

「さすが駒込の初物、秋茄子を食わねば嫁にも行けぬ」

などと、わけのわからぬことを口走った。

喋りすぎる口を蓋でふさぎたい衝動に駆られたが、桜木の語る噂話にはごく稀に、はっとさせられることがある。

「駒込と申せば、今年は天栄寺《てんえいじ》門前の青物市場《やっちゃば》で、恒例の菊競べが催されると聞きましたぞ。幕臣一の菊名人と申せば、まず、鳴子《なるこ》さまにござろう。おや、ご存じない。小普請支配の鳴子貞之丞《さだのじょう》さまにござるよ」

蔵人介が知らぬはずはない。鳴子貞之丞は、役無しの小普請たちを束ねる職禄二千石の重臣だった。狢菊文《むじなきくもん》や稲妻文などの派手な裃を纏い、城内で擦れちがっても雪駄の土用干しのようにふんぞり返っている。その鳴子が「菊名人」と綽名《あだな》されるほど、菊の鉢植えに入れこんでいるという。

「何でも今年は、百種百色接《つ》ぎわけの大菊で知られる駒込染井《そめい》の植木屋を向こうにまわし、これまでにみたこともないような細工物をご披露してみせるとか」

大見得を切っているそうだが、鳴子に関する噂は菊だけにとどまらぬらしい。

「亀戸《かめいど》村は羅漢寺《らかんじ》のそばに別邸を建てられたのをご存じか。大屋根を銅瓦で葺《ふ》いたそうじゃ。何でも、小普請の連中にさまざまな便宜をはかり、口銭《こうせん》をせっせと貯めこんでおったのだとか」

どうせ、やっかみ半分の戯《ざ》れ言《ごと》にちがいない。

蔵人介は関心もしめさなかったが、他人の悪口は蜜の味と広言して憚《はばか》らぬ桜木は喋りを止めない。

「どうやって口銭を貯めこんだのかと申せば、子の無い旗本たちに養子縁組の口利きをしておるのだそうで」

役目柄、養子縁組の手伝いをすることもあろうが、それで賄賂《まいない》や口銭を取っているのであれば、怪《け》しからぬはなしだ。小普請組の差配を司る奉行は、金子《きんす》や音物《いんもつ》などいっさい受けつけぬ清廉《せいれん》な人材でなければならぬ。

しかも許しがたいことに、鳴子がおこなっているのは侍同士の縁組にとどまらないという。

「商人《あきゅうど》の倅《せがれ》の面倒をみていると聞いたぞ」

養子縁組を公儀に届けても渋い顔をされる連中の面倒もみるらしい。

曰くつきの連中にかぎって、持参金は多い。それゆえ、養子を望む旗本のほうも背に腹は代えられず、持参金目当てに縁組を受ける。受けたはよいが、そもそも身分の異なる商人だけに公儀の許しを得るのは難しい。

ならば、どうするのか。

「届けを出さねばよいのじゃ」

と、桜木はしたり顔で言ってのけた。

たとえば、商人の子息を早世した実子の名に改めさせ、隣近所にも気づかれぬように家へ迎えいれる。

蔵人介は、串部の言った台詞をおもいだした。

「入れ子か」

「さよう。届け出のない入れ子は法度《はっと》にござるが、表沙汰にはなりにくい。入れ子の旗本なんぞ、捜せばざらにおる」

桜木は、肉の詰まった顔を差しだしてくる。

「持参金のない武家の次男や三男が、何と呼ばれておるのかご存じか。ふふ、出落《でおち》栗《ぐり》にござるよ」

「出落栗」

いがから抜けて地に落ちる。居候を止めても縁組のできるあてはなく、道端に放りだされて路頭に迷うしかない。

「役立たずの出落栗なんぞより、算盤《そろばん》ができて金を生む商人の倅のほうがどれだけよいかわからない。ともあれ、侍の子弟はいっそう肩身の狭いおもいをせねばならぬ。じつに、嘆かわしい世の中よな」

気の滅入《めい》るはなしだった。

暗い気持ちを引きずったまま役目を終え、従者の串部と夕暮れの家路をたどる。

浄瑠璃坂まで行きつくと、坂のうえから髪を乱した若侍が転がるように駆けてきた。

串部が眸子を細める。

「殿、卯三郎どのにござりますぞ」

「ん、そのようだな」

立ちどまって身構えた。

卯三郎は勢いを止められず、蔵人介の面前で転んでしまう。

駆けよって助けおこすと、擦りむいた額から血が流れるのも気にせず、袖にしがみついてきた。

「舟形さまが、町方役人に縄を打たれました」

「何だと」

無縁坂下で起きた侍殺しの嫌疑を掛けられ、南茅場町の大番屋へ連れていかれたという。どうやら、殺しを目撃した者があったらしい。

「信じられません。きっと、何かのまちがいです」

案じていたとおり、濡れ衣を着せられたとも考えられる。

「あやつかも。小田切数馬が怪しゅうございます」

蔵人介も疑ってはいるものの、今の段階で判断はつかない。

「殺しの疑いを掛けられれば、厳しい責め苦を受け、下手人でなくとも罪を認めさせられると聞きました。そうならぬうちに、手を打たねばなりませぬ」

手を打てと言われても、妙案など浮かんでこない。

確たる証拠もなく町方役人に掛けあっても、門前払いされるのは目にみえていた。

「どうか、どうか……」

卯三郎の必死さが、手の震えとなって伝わってくる。

まずは急いで銀次に会い、新たに判明したことはないか確かめてみるべきだ。

「……舟形さまをお助けください」

懇願する卯三郎の背には、血の色に染まった夕焼け空が広がっていた。

五

閉じた瞼のような新月が、群雲の狭間に見え隠れしている。

夜風に裾を靡《なび》かせる銀次に連れられ、蔵人介は侍殺しのあったところへ向かった。

勾配のきつい無縁坂を下り、不忍池の池畔に立ったあたりだ。

すでに使われなくなった蓮見舟《はすみぶね》が、水際に放置されている。

池は黒々として、弁天《べんてん》島の輪郭もおぼつかない。

——ひょう。

空耳であろうか。

水面を渡る風音が、死人の恨み言に聞こえてしまう。

斬られた侍の名は、古田仁兵衛《ふるたにへえ》といった。

「長崎《ながさき》奉行久世伊勢守《くぜいせのかみ》さまのご家来でやした」

「ただの浪人ではなかったのか」

「風体は浪人でやす。手前が考えるに、隠密だったんじゃねえかと」

蔵人介は顔をしかめる。

「隠密だとすると、辻斬りではない線も浮かんでくるな」

「仰るとおりで」

銀次は屈み、池畔に伸びた猫じゃらしを引っこぬく。

「じつは三月前、同じこのあたりで殺しがありやした」

「何だと」

斬られたのは、螺鈿《らでん》の煙草入れなどを扱う池之端《いけのはた》の袋物屋《ふくろもの》だった。

辻斬りの仕業として片づけられ、下手人の探索はなされなかったらしい。

「手口はわかったか」

「屍骸を運んだ小者に小銭を摑ませて聞きやした。おしなや隠密と同様、八文字斬りでごぜえやす」

「なるほど、三つの殺しは繋がっているとみるべきだな」

「おしなのやつ、袋物屋殺しをみちまったのかも」

「まことか、それは」

仲の良い夜鷹が、おしな本人から聞いたはなしだ。

「殺しをみたとなりゃ、はなしがややこしくなってきやす」

益々、辻斬りで片づけるわけにはいかなくなる。

銀次は袋物屋を調べ、ほかにも由々しい繋がりをみつけてきた。

「袋物屋は斬られる前日、月番の北町奉行所に訴えを起こしておりやした」

韮沢与市《にらさわよいち》という高利貸しの検校《けんぎょう》を訴えたらしい。

「袋物屋には、できのわるい次男坊がおりやした。そいつをさる旗本の養子にするために、なぜか、検校に頼みを入れたとかで」

頼み料を五十両も払ったのに、検校は縁組をしてくれなかった。そののち、次男坊は流行病《はやりやまい》で頓死《とんし》し、養子話は流れたが、五十両は戻ってこない。掛けあっても知らぬ存ぜぬの一点張りで、袋物屋は騙されたのだと悟って口惜しくなり、町奉行所に訴えて一矢《いっし》を報いようとした。

銀次は北町奉行所の同心にも袖の下を払い、かなり詳しいはなしを仕入れていた。

「町方の役人が取りあげるはずもありやせん。なにせ、金公事《かねくじ》は扱わずってのが建前でやすからね」

訴えは黙殺されたにもかかわらず、袋物屋は町奉行所に訴えた翌日、不忍池の池畔で何者かに斬殺された。

検校が人殺しを雇い、口封じに出たのかもしれない。

「あっしも、そいつを疑っておりやす。おしなは不運にも袋物屋殺しを目にしちまったがために、同じやつから斬られたにちげえねえ」

「されど、袋物屋が斬られたのは三月前であろう。殺しをみられたとわかっても、三月も経ってから夜鷹を殺めようとするか」

「おしなは夜鷹仲間に『どうにも夢見がわるいから、例のことを訴えるつもりだ』と告げていたそうでやす。町奉行所に足を運び、殺しをみたことを訴えたとすれば、そのせいで命を縮めたってことも」

町奉行所の役人で検校から鼻薬《はなぐすり》を嗅がされている者がいるのかもしれないと、銀次は言う。

「おもっていたよりも、根が深そうだな」

「仰るとおりで」

悪党どもが町奉行所の役人と通じているとすれば、舟形満が縄を打たれたことも容易に説くことができる。

だが、急《せ》いてはならない。

蔵人介は銀次と別れ、あれこれ思案しながら暗い道をたどった。

御納戸町《おなんどまち》の自邸に戻ってみると、幸恵が蒼白な顔で待ちかまえている。

「どうした」

「卯三郎どのがおりませぬ」

「何だと」

「串部と吾助にお願いし、手分けして心当たりを捜してもらっております」

ともかく、じっと待つしか手はない。

蔵人介は縁側で野良猫の「ぬけ」を抱き、猫じゃらしで遊んでやりながら待ちつづけた。

夜も更けたころ、串部が卯三郎の首根っこを摑まえて戻ってきた。

「殿、ただ今戻りましてござる」

「おう、よう戻った。いったい、何処におったのだ」

卯三郎は舟形満の無実を訴えるべく、南茅場町の大番屋を訪ね、役人たちから門前払いにされると、路上で座りこみをやらかしたのだという。

噂を聞いて串部が駆けつけたときは、手をこまねいた役人たちから縄を打たれる寸前だった。助けにはいった串部を睨んだ卯三郎は、腹でも切りかねぬほどの顔つきをしていた。

ともかく、冷えきったからだを温めるべく部屋に導き、幸恵が白湯《さゆ》を運んでくる。

ようやく落ちついたところで、蔵人介があらためて問うた。

「何故、そこまでして舟形満を気遣うのだ」

卯三郎は口をへの字に曲げ、辛そうな顔をする。

おもいだしたくないことを、頭に浮かべたのだろう。

「あの方は、死んだ兄の身代わりなのでございます」

吐きすてるように言い、卯三郎は顔を曇らせる。

実兄が母を刺して自刃したときの凄惨な光景をおもいだしたのだ。

「辛ければ、それ以上は聞かぬ」

蔵人介にたいして、卯三郎は首を横に激しく振った。

「舟形さまには、拠所《よんどころ》ない事情がおありなのです」

それを本人ではなく、剣の師であった斎藤弥九郎が誰かとはなしこんでいるのを、たまさか盗み聞きしてしまったらしい。

舟形満は、平戸《ひらど》藩の元藩士であった。

三年前、江戸勤番の実弟が上屋敷のそばで辻斬りに見舞われた。

国元にあった舟形は藩のしかるべき筋に仇討ちをさせてほしいと訴えたが、逆縁ゆえに許して貰えず、みずから藩籍を離れたらしかった。

卯三郎はそのはなしを聞き、舟形に常日頃から実弟も同然に優しく接してもらった理由を理解した。それまで以上に親しみを感じ、いつのまにか、失った兄の代わりと考えるようになったのだ。

「舟形さまは、ご実弟の仇を討つべく、江戸へ出てこられたのです」

江戸の名だたる道場を荒らしまわったのも、おそらくは仇を捜すための方便だったにちがいないと、卯三郎は言いきる。

「ああみえて、誠実な方なのです」

涙ながらに訴えられ、舟形満に抱く印象はあきらかに変わった。

六

長月三日。

串部の調べで、小田切数馬は何と韮沢検校の実子であることがわかった。

韮沢検校は他人の子弟ばかりか、みずからの子をも幕臣にしていたのだ。

どうにかして、悪党の顔を拝めぬものか。

位の高い検校と面会するには伝手《つて》がいる。

盲人に知りあいはいないので、銀次に頼むと、すぐに段取りを組んでくれた。

闇を司る会所の元締めは、金貸しを生業《なりわい》とする座頭《ざとう》とも関わりは深いようだ。

蔵人介は面会するにあたって、矢背家に養子が欲しいと偽ることにきめていた。

韮沢検校の屋敷は、半蔵《はんぞう》御門を潜ってすぐの麴町《こうじまち》一丁目にあり、地の者には「木犀《もくせい》屋敷」と呼ばれていた。

秋には庭一面が金木犀一色になり、夜は町の隅々まで芳香を放つという。

なるほど、ちょうど今がその時季であった。

「ようこそ、おいでくださりました」

銀次の段取りが上手くいったようで、蔵人介はすんなりと迎えられた。

韮沢検校は福禄寿《ふくろくじゅ》のように頭が長く、額もありがたそうに秀でている。

眸子は瞑ったままで、薄めの唇《くち》もとにはいつも笑みを湛《たた》えていた。

「花は愛でる楽しみばかりではござらぬ。嗅ぐ楽しみというものもございます。それゆえ、金木犀を植えさせたのでございます」

縁側越しにみえる風景は色に乏しいが、花を楽しみたい盲人の強烈な欲求に呼応するもののようだった。

「庭の花にかぎったことではござらぬ」

韮沢検校は目がみえずとも不自由はしておらず、かえってみえないほうが相手の心をみすかすことができるとまで言ってのける。

「心眼《しんがん》にござります」

検校は微笑み、蔵人介に茶を点《た》ててくれた。

「何でも、夜鷹の元締めと懇意にしておられるとか。お旗本にしては、おめずらしい。どういった関わりか、さしつかえなくばお教え願えませぬか」

「銀次とは、ひょんなことで知りあった。若いわりにはしっかりしており、しかも侠気のある男ゆえ、つきあって損のない相手だ」

「なるほど、損のない相手ならば、つきあっておくにかぎりますな。ぬほほ、茶の味はいかがでござりましょうか」

「おもいがけず、美味しい茶をいただいた」

検校は満足げに微笑み、天井に顔を向ける。

「そう言えば、矢背さまは公方さまの御毒味役であられましたな。毎日美味しいお茶を呑んでおられるのでござりましょう」

「茶を味わう余裕などないわ」

「ほう、そうしたものでござりますか」

検校は、さも感心したようにうなずく。

「ところで、ご養子を迎えられたいとか」

「いかにも。実子が医術を学びに大坂へ旅立ったものでな」

「それはそれは、お寂しゅうございましょう」

「おそらく、二度と江戸へは戻ってくるまい。そうなると、家を継ぐ者が必要になってくる」

「ご事情はわかりましたが、何故、こちらへまいられたので。わたくしめはご存じのとおり、ご公儀からお許しを貰って金貸し業を営んでおります。武家のお客さまもおられますゆえ、養子縁組などのご相談もされなくはない。されど、口利きをいたすなどと、おこがましいにもほどがございます。金貸しの分際で養子縁組の口利きなどいたせば、即刻、罪に問われましょう」

頑なに本音を隠すので、蔵人介は核心を衝いてみた。

「噂で聞いたのだが、韮沢どのはご子息を武家の養子になさったらしいな」

「ほほう、さような噂が流れておるのでございますか」

韮沢検校はあくまでも冷静を保ちつつ、思案投げ首で考える。

「別段、隠しておったわけではない。昨今、町人の子弟が株を買って武家の養子になることなど、めずらしくも何ともありませぬからな」

検校は涼しげに笑った。

「じつを申せば、縁組の労を執《と》っていただいたお方がございます。よろしければ、お引きあわせいたしましょうか」

「是非、お願いしたい」

膝を乗りだすと、検校は小首をかしげた。

「されば、そのお方のご姓名をお教えいたしましょう。今福頼母《いまふくたのも》さまと仰います」

平戸藩の江戸留守居《るすい》役だという。

蔵人介は、じっと検校を睨みつけた。

「わからぬな。平戸藩の御留守居役が幕臣の養子先を口利きするとは」

「くふふ」

検校はうつむき、ふくみ笑いをしてみせる。

「何処の藩も、御留守居役の方々はお顔が広うございます。なかでも、今福さまは幕府の小普請奉行さまと懇意にしておられるゆえ、手前どものごとき何の伝手もない町人にとっては、まことに得難いお方なのでございます」

蔵人介は、はっとした。

小普請奉行とは、鳴子貞之丞のことではあるまいか。

こちらの疑念を先取りするかのように、検校はさりげなく漏らす。

「鳴子貞之丞さまはご存じでしょうか。『菊名人』としても知られるお方にござる。生意気なことを申すようですが、長らく小普請奉行をおやりになっているだけあって、鳴子さまほどお旗本のご事情に通じておられるお方はおられませぬ」

鳴子は「入れ子」の斡旋《あっせん》に関わっていると、相番の桜木兵庫は言っていた。

みずからはおおっぴらに動けずとも、平戸藩の江戸留守居役や金貸しの検校などを通せば、できないこともできるようになるのかもしれない。

「今一度お聞きしますが、まことにご養子をお望みでしょうか」

「嘘を吐いてどうする」

「ふふ、さようですな、されば、手前が段取りを組んでおきましょう」

検校は金になると踏んだのか、それとも別の目途でもあるのか、ともかくも親切に請けおってくれた。

平戸藩の江戸留守居役に会えば、悪事のからくりに迫ることができるかもしれない。

そう言えば、舟形満も平戸藩の元藩士であった。

何やら、因縁めいている。

蔵人介は警戒しつつも、大いに期待を抱いた。

「もう一服、いかがでござりましょう」

と、検校が茶釜を火に掛けながら誘いかけてくる。

なかば開いた白目で見据えられると、心眼どころか、ほんとうにみえているのではないかと勘ぐりたくなる。

毒を入れられたら一巻の終わりだなとおもいつつ、蔵人介は二杯目の茶を所望した。

七

夜も更けたころ、卯三郎は小田切数馬の背中を追っていた。

あの男が辻斬りをやったのだと、確信している。

小田切が兎の根付を拾い、哀れな夜鷹の屍骸のそばに抛った。

つまり、舟形満に濡れ衣を着せるための小細工をほどこした。

人を斬る味を知った者は、人斬りを止められなくなるともいう。

小田切はきっとまた、誰かを殺るにちがいない。

それゆえ、卯三郎は追ってみようとおもった。

新たな犠牲者を増やさぬためにも、そうすることが責務と感じている。

小田切は柳橋《やなぎばし》の茶屋を何軒か梯子し、したたかに酔って醜態をさらした。

神田川の土手道で立ち小便をし、柳並木では夜鷹をからかい、横町の黒板塀にもたれて胃袋の中身を吐いたかとおもえば、へらへら笑いながら千鳥足で歩きだす。

ふと、不安が過《よ》ぎった。

ほんとうに、あんなやつが人を斬ったのだろうか。

小田切の太刀筋は、しっかり目に焼きつけている。

鋭くはあったが、舟形よりも格段に劣っていた。

あの程度ならば、自分でも勝負はできそうだ。

いざとなれば、真剣を抜いて挑もうと決めていた。

斬られたら、それまでだ。

斬ったあと、罪に問われようともかまわない。

この世から悪党がひとり消えれば本望だった。

脳裏に志乃と幸恵の悲しむ顔が浮かんでくる。

血の繋がりもない自分を、わが子や孫も同然に可愛がってくれた。

蔵人介もそうだ。実子の鐵太郎をさしおいて、居候の自分を養嗣子にする算段を立てている。

「先代もわしも養子だった。矢背家の当主は代々、養子を迎える習わしゆえ、おぬしも気に病むことはない」

そのことばに励まされ、毒味修行にも力を入れはじめたところだ。

たしかに魚の骨取りは難しいが、卯三郎はやり甲斐を感じている。

剣術修行といっしょで、困難に立ちむかい、克服していくことに、このうえない喜びをおぼえていた。

しかし、今はすべてを失っても、舟形の濡れ衣を晴らさねばならない。

小田切が真の下手人であることを、今宵こそは証明しなければならぬ。

と、そんなふうに肩に力を入れてはみたものの、さきほどの不安を拭いさることはできなかった。

小田切数馬が、ほんとうに凶刃を繰りだしたのだろうか。

夜鷹と侍を斬った手口から想像するに、下手人は冷徹で一片の隙もみせぬ剣客のような気がしていた。だが、小田切の風貌や物腰は、想像とかけ離れている。

「いや、ちがう」

卯三郎は首を振った。

「あやつだ。あやつ以外には考えられぬ」

気合いを入れなおし、背中を追いつづけた。

小田切は屋台の蕎麦屋をひやかし、銚釐を握ったまま外へ出てくる。

そして、注ぎ口から直に酒を呑み、空になった銚釐を脇のどぶに捨てた。

「ちっ」

親爺の舌打ちが聞こえてくる。

小田切は前歯を剝いて威嚇《いかく》し、ふたことみこと悪態を吐いた。

刀を抜く仕種もみせたので、卯三郎は咄嗟《とっさ》に身を強張らせる。

ところが、小田切は抜かず、へらへら笑いながら袋小路に迷いこんだ。

ほっと、卯三郎は安堵の溜息を漏らす。

刹那、暗闇に白刃が閃《ひらめ》いた。

小田切が抜刀したのだ。

「ひぇい」

疳高い掛け声とともに、刃音が聞こえてきた。

「きゃん」

断末魔の叫びをあげたのは、腹を空かせた野良犬だ。
「ひゃはは」
小田切は狂ったように笑い、血振りもせずに納刀するや、くるっと踵を返す。
卯三郎はいったん暗がりに隠れ、忍び足で斬殺のあったところへ近づいた。
首と胴の離れた野良犬が斃《たお》れている。
ごくっと、唾を呑みこんだ。
「人斬りは、あの男ではない」
と確信しつつ、後ろを振りむく。
小田切はよろめきながら、三ツ股の辻を曲がったところだ。
急いで背中を追いかけ、卯三郎は足を止めた。
何者かの気配が、暗闇にわだかまっている。
身構えた。
重厚な声が響いてくる。
「おぬしは誰だ。何故、小田切数馬を尾《つ》ける」
痩せた男が、闇から抜けだしてきた。
灰色の痩《こ》けた頬に、無精髭を生やしている。

浪人であろうか。

月代は伸び、薄い眉のしたで眼光を炯々《けいけい》とさせていた。

この男だ。

人斬りにまちがいないと、卯三郎は察した。

「おぬし、古田仁兵衛の仲間か。長崎奉行の隠密づれが小金欲しさに強請《ゆすり》を掛けるとはな。ふん、古田の仲間ならば、逃すわけにはいかぬ。ほれ、喋ってみよ。おぬしは誰に飼われておる。長崎奉行か、それとも、目付か」

喉が渇き、呑みこむ唾も出てこない。

卯三郎は抜刀せず、じりっと後退った。

後ろには、血腥い犬の死骸が横たわっている。

さらに後退すれば、容易に越えられぬ石垣の壁が聳えているはずだった。

痩せた男は刀の柄に手を添え、静かに迫ってきた。

「くく、袋の鼠とはおぬしのことだ。喋りたくなければ死ぬがよい」

卯三郎は、震える右手を刀の柄に添えた。

だが、本身を抜くことはできない。

恐怖のせいで、手が動かぬのだ。

それでも、勇気を出して尋ねてみた。

「舟形さまを嵌めたのか」

「何だと」

「兎の根付を、ほとけのそばに抛ったであろう」

「ははあ、そっちか。おぬし、舟形満と関わりがあるのか」

「黙れ。舟形さまに辻斬りの濡れ衣を着せたのは、おぬしだな」

「別に、意図したわけではない。数馬から奪った根付がたまさか袖口にあったゆえ、抛ったまでのはなしよ。舟形満を捕まえたのは、町方の木《こ》っ端《ぱ》役人が手柄欲しさにやったことさ」

「くそっ」

怒りが恐怖を乗りこえ、四肢に力が漲《みなぎ》ってくる。

「舟形の知りあいならば、糾《ただ》すことは何もない」

しゅっと、男は刀を抜いた。

腰反りの深い剛刀である。

三本杉《さんぼんすぎ》の刃文から推すと、孫六兼元《まごろくかねもと》であろうか。

埒もないことが脳裏を過ぎる。

卯三郎も抜刀した。

そのときだ。

――かんかんかん。

けたたましい金音が、耳朶《じだ》に飛びこんできた。

「火事だ、火事だぞ」

金音とともに、誰かが叫びながら走ってくる。

痩せた男は刀を納めて後退り、こちらに背を向けるや、三ツ股の辻めがけて走り去った。

卯三郎のもとへ駆けてきたのは、町人風の優男だ。

左手に金盥《かなだらい》を提げ、右手に擂り粉木を持っている。

「わざとやったのだ」

と、優男は微笑む。

顔つきに、みおぼえがあった。

「夜鷹屋の銀次でごぜえやすよ」

「はあ」

命を救ってもらったのだと、卯三郎は合点した。

「矢背のお殿さまがお命じになりやしてね。おまえさまに万が一のことがねえように気をつけてやってくれって。おかげさんで、人斬りをやったにちげえねえ野郎をみつけることができやした」

去った男の背中を、銀次に命じられた夜鷹たちが追っていったらしい。

急に力が抜け、卯三郎はその場にへたりこむ。

これほど、おのれの弱さを思い知ったこともない。

「さあ、帰《け》えりやしょう」

銀次が腰を屈め、やけに白い手を差しのべてくれた。

## 八

翌朝の空は、灰色の雲に覆われた。

卯三郎が対峙した痩せた男は、大橋を渡って向両国《むこうりようごく》にいたり、墨堤《ぼくてい》に沿って吾《あ》妻《づま》橋のほうへ向かったという。大股でずんずん歩き、背後を警戒してもいたので、夜鷹たちは尾いていくのに苦労したらしい。

男は多田薬師《ただやくし》を過ぎたあたりで右手に折れ、寺町《てらまち》のあいだを東へ抜けていった。

月影の心もとない夜道だったこともあり、夜鷹たちは途中で男を見失ってしまった。

蔵人介は銀次から昨夜のうちに報告を受け、さっそく、串部をともなって本所へやってきた。そして、夜鷹たちが男を見失ったあたりまでやってきたところで、ごくっと唾を呑みこむ。

串部も察したようだ。

「殿、あれにみえる大名屋敷は」

「ふむ、平戸藩六万一千五百石の下屋敷だな」

「人斬りが消えたのは、ひょっとして、平戸屋敷かもしれませぬぞ」

「おそらく、まちがいあるまい」

「するとその人斬り、平戸藩に縁のある者となりましょうか」

蔵人介は韮沢検校の口から漏れた「今福頼母」という名を反芻《はんすう》した。

一藩の江戸留守居役であるにもかかわらず、幕府小普請奉行の鳴子貞之丞とはからって「入れ子」の口利きをしているかもしれぬ。胡散《うさん》臭い重臣にほかならない。

「その人斬り、今福なる留守居役の子飼いかもしれませぬな」

串部の言うとおりならば、不忍池の池畔であったふたつの殺しに平戸藩の重臣が関与していた疑いも生じてくる。

卯三郎によれば、人斬りらしき男は古田仁兵衛という侍の素姓を知っていた。「長崎奉行の隠密づれが小金欲しさに強請を掛け」たようなことも口走ったという。古田なる隠密が強請を掛けた相手は、今福頼母だったのかもしれない。「入れ子」の口利きを強請のネタにしたのだ。

今福はみずからの悪事を隠蔽《いんぺい》すべく、邪魔者を消しにかかった。

「哀れな夜鷹は不運にも、一番目の袋物屋殺しを目にしてしまった。やはり、それがゆえに斬られたのでござりましょう。銀次が申しておりましたぞ。入れ子の口利き一件で百両を稼ぐこともできるのだとか」

それがまことなら、法度《はっと》破りとわかっていても口利きをしたくなろう。

平戸藩の重臣と検校がからみ、裏では幕府の小普請奉行が操っている。そして、汚れ仕事は腕の立つ浪人にやらせているのだ。

悪事の筋書きと悪事に関わる者たちの輪郭が、蔵人介にはおぼろげにみえてきた。

すべては、卯三郎が舟形満に形見の根付を貸してやったことから判明したことだ。

濡れ衣を着せられた舟形は、いまだ、解きはなちになっていない。

小伝馬町《こてんまちょう》の牢屋敷にも移されておらず、南茅場町の大番屋に留めおかれているようだった。おおかた、厳しい責め苦を受けているのであろう。

「町方の与力《よりき》にも、事情を知る仲間がいる。それを忘れてはなりませぬな」

これもまた銀次の調べたはなしだが、柳下虎三《やなぎしたとらぞう》という北町奉行所の吟味方《ぎんみかた》与力は韮沢検校から大金を借りていた。

舟形の捕縛は、柳下の指図でおこなわれたものだ。

すべては仕組まれている印象だった。

卯三郎のことが案じられる。

志乃や幸恵も事の深刻さに気づいていた。

ともあれ、辻斬り騒動を解決しないことには、矢背家に平穏は訪れない。

長雨の到来を予感させる曇天を見上げ、蔵人介は重い足を引きずった。

厳《いか》めしげな門番が、正門の端から睨みつけてくる。

詮方なく、串部ともども搦《から》め手のほうへまわってみた。

卯三郎がみた浪人に出会《でくわ》さぬかと、期待してのことだ。

裏門からひょっこりあらわれたのは浪人ではなく、鍬《くわ》を担いだ野良着姿の老い侍であった。

たまさか通りかかった藩士が足を止め、老い侍に深々とお辞儀をする。

親しげに微笑む老人の髪は真っ白で、鼻のしたにも白い髭をたくわえていた。矍鑠《かくしゃく》としてはいるものの、七十の齢《よわい》は超えていよう。

目が離せなくなり、ふたりで老い侍の背中を追った。

南蔵院《なんぞういん》のまえを通ってたどりついたのは、業平橋《なりひらばし》を渡った向こうの百姓地だ。

業平橋のしたには、滔々《とうとう》と横川《よこかわ》が流れていた。

「あの爺さん、何をする気でしょうな」

串部も興味津々で、遠くの様子を眺めている。

百姓地の端には南天桐《なんてんぎり》が植わっており、赤い実をつけていた。

老い侍が鍬を入れはじめたのは、真桑瓜《まくわうり》の畑らしい。

収穫は終わっているので、瓜の残骸すらもなかった。

耳を澄ませば、老い侍の鼻歌が聞こえてくる。

「おもしろい爺さまだな」

と、串部がひとりごちた。

さきほどの藩士が取った態度から推すと、かなり身分の高い人物のようだ。

それにしても、鍬を手にして他人の土地を耕《たがや》している理由がわからない。

「拝領屋敷のなかに、いくらでも耕す地べたはあるでしょうに」

近づいて様子をみたくなり、十間《けん》ほどのところまで歩みよった。

老い侍は気にも掛けず、黙々と鍬を振るっている。

腰つきがきまっており、動きにひとつの無駄もない。

「鍬を使っておるのに、スキがない」

串部がくだらぬ台詞をこぼした。

——ざくっ。

鍬が土を掘りかえす。

と同時に、小石が顔の正面に飛んできた。

蔵人介が難なくよけると、老い侍は腰を伸ばして笑顔を向けてくる。

「剣術の心得がおありのようじゃな。わしに何かご用かね」

抗いがたいものを感じ、蔵人介は頭を垂れる。

そして、声の届きやすいあたりまで近づいた。

「ご無礼いたしました。拙者、矢背蔵人介と申す幕臣にござります」

「ほう、矢背とはまためずらしい姓じゃな。ひょっとして、京は洛北の八瀬童子に縁《ゆかり》ある姓であろうか」

「おみそれいたしました。養母の出生《しゅっしょう》が八瀬でござります」

「ほほう、さようか。なれど、八瀬の民は古来より、天子さまの輿《こし》を担ぐ栄誉に与っておると聞いたことがある。帝に近い族《うから》の縁者が、何故、徳川家の臣下となっておるのか、ちと聞いてみたいものじゃ。何か、拠所ない事情でもおありなのか」

蔵人介がこたえに窮するのをみてとり、老い侍は声を出さずに笑った。

「どうやら、こたえにくいことを聞いてしもうたようじゃ。八瀬の民は鬼の子孫であることを誇り、鬼を祀《まつ》ることでも知られておる。されど、八瀬衆は周囲の弾圧を免れるべく鬼の子孫であることを公言せず、比叡山に隷属《れいぞく》する寄人《よりうど》となり、やがて、延暦寺《えんりやくじ》の座主《ざす》や高僧や皇族の輿を担ぐ力者《りきしや》となったとか。戦国の御代には禁裏《きんり》の間諜《かんちよう》となって暗躍したとも聞く。『天皇家の影法師』と畏怖《いふ》され、かの織田信長《おだのぶなが》公でさえも闇の族の底知れぬ能力を懼《おそ》れたのじゃ」

「お詳しゅうござりますな」

矢背家は八瀬童子の首長に連なる家柄であり、養母の志乃には鬼の血が流れている。

だが、蔵人介は余計なことを喋らずにおいた。

「くふふ、わしは嗜《たしな》みとして、毎夜、この世のよしなし事を綴っておる。今から十八年前、文政《ぶんせい》四年霜月甲子《しもつききのえね》の晩より、一日たりとても欠かさずにな。それゆえ、おもしろいはなしや気になる物事に触れると、根掘り葉掘り聞いてしまう癖がある。どうか、許してほしい」

頭を下げられて恐縮しつつも、蔵人介はめげずに言った。

「あの、ひとつお聞きしても」

「何じゃ」

「何故、この土地を耕しておられるのでござりますか」

「おお、それか。それはな、横川より東の土地が砂を多くふくんでおるからじゃ。瓜物は砂地でなければ育たぬ。わしは真桑瓜が何よりの好物でな、美味い真桑瓜を口に入れたいがため、百姓どのに頼みこんで畑の一角を借りておるのさ」

「なるほど」

「今年は不作でな。土を可愛がってやらねば、こうなることはわかっておった。怠慢ゆえの報いじゃ。それゆえ、今からこうして念入りに土を耕しておるのよ。わしがいくつにみえる」

問われて蔵人介が首を捻ると、串部が横から口を挟んだ。

「古希《こき》にござりましょう」

「むほほ、傘寿《さんじゅ》じゃ。十もしたにみえたか」

串部は我慢できず、蔵人介を差しおいて問いをかさねた。

「あの、お名をお聞かせ願えませぬか」

「やはり、名乗らねばならぬか」

そう言って、老い侍は眸子を細め、鍬を担いで近づいてくる。

「号は静山《せいざん》、松浦《まつら》家の隠居じゃよ」

「げげっ」

おもわず、串部はその場に平伏した。

面前に立つ老人は、平戸藩松浦家の先代なのだ。

「みっともないまねはよさぬか。ほれ、主人が困っておろう」

たしなめられても、串部は顔をあげない。

蔵人介も頭を垂れつつ、さきほど鍬で小石を飛ばしたことが偶然ではないことに気づかされた。

松浦静山は教養の高い名君としてのみならず、心形刀流の免状持ちとしてもあまねく知られている。剣術については一家言を持ち、蔵人介も静山の著した『剣談』を貪《むさぼ》り読んだことがあった。

顔を持ちあげ、書に記された印象深いことばを口にしてみる。

「『曰く、勝《かち》に不思議の勝あり。負《まけ》に不思議の負なし』とは、まことに言い得て妙にございます」

「ふふ、あたりまえのことを書いたまでじゃ。おぬし、修めた流派は」

「田宮《たみや》流にございます」

「居合か」

「はい」

「何やら、剣術談議がしとうなったな」

「もったいないおことばにございます」

「ところで、お役は何を」

「上様の御毒味を」

「ほほう、鬼役か。益々もって興味深い男じゃ。して、何用で参った」

隠居の身とはいえ、松浦静山と言えば知らぬ者とてない雲上人《うんじょうびと》だ。

蔵人介はこの機を逃さず、正直にこたえようとおもった。

「じつは、夜鷹と長崎奉行の隠密があいついで胸を八文字に斬られました。貴藩に縁のある御仁が人斬りの濡れ衣を着せられ、北町奉行所の役人から厳しい責め苦を受けております。どうにか救えぬものかと思案しつつも、なかなか妙案が浮かばぬまま、こちらまで足を運んでしまいました」

「濡れ衣を着せられた者の名は」

「舟形満どのと申します」

「舟形とな」

静山は黙りこみ、小さな眸子を宙に遊ばせる。

そして、おもむろに口をひらいた。

「舟形某とおぬしは、どのような関わりなのじゃ」

「家の者が番町の練兵館で同門にござりました。舟形どののことを、兄のように慕っております」

「なるほど、おぬしは親として、わが子の兄弟子に降りかかった不幸をみてみぬふりができぬというわけか」

「はい」

「事情はわかった。はなしを聞いた以上、わしとてその者を放っておけぬ気分じゃ。ちと、調べさせてみようかの。そのうえで、後日、おぬしのもとへ使いを出そう。それでよいか」

「お礼のことばもござりませぬ。恐悦至極《きょうえつしごく》にござります」

「よいよい。さきほども申したであろう。わしはつねに目を凝らし、耳をそばだて、記しておくべきおもしろばなしを探しておると」

「ははっ」

蔵人介が平伏すると、静山は笑いながら背を向ける。

少し歩き、振りかえった。

「さきほど、夜鷹と隠密は胸を八文字に斬られたと申したな」

「は」

「もしかしたら、それは鷹の羽という技かもしれぬ」

「鷹の羽でござりますか」

二刀を交叉して相手の刀を宙に弾き、がら空きになった胸を斬る。

右手の刀は右下がりに、左手の脇差は左下がりに、同時に斬りおろす。

「心形刀流の奥義じゃ。わが藩では多くの者が伊庭道場で心形刀流を修めておるがの、おそらく、鷹の羽を自在に使える者は五人とおるまい」

人斬りは心形刀流の奥義を使う。しかも、かなりの手練《てだれ》で、平戸藩とも関わりの深い者にちがいない。静山のおかげで、ずいぶんと相手が絞られてきた。

「貴重なご見解をお聞かせいただき、恐悦至極にござります」

蔵人介は昂揚《こうよう》する気持ちを抑え、深々と頭を垂れる。

――ひょう。

異様な鳴き声に空を見上げれば、一居《ひともと》の灰鷹《はいたか》が飛翔していた。

「おお、あれはわしの鷹じゃ」

静山が童子のように微笑む。

「呼んでも来ぬ。我が儘《まま》なやつでな。鷹狩りに連れていっても、容易に獲物を捕らえてこぬ。それでいて、逃げもせぬ。おもしろいやつじゃ」

なるほど、灰鷹は地上の人間どもを睥睨《へいげい》し、悠々と屋敷のほうへ戻っていった。

静山はまた、何事もなかったように畑を耕しはじめる。

「鷹よりおもしろいお殿さまであられますな」

串部はえらく感心してみせ、その場を離れたがらない。

雨が降ってくるまで様子を眺めていようと、蔵人介はおもった。

## 九

三日後、長月七日夕。

徒目付《かちめつけ》で義弟の綾辻市之進《あやつじいちのしん》に連絡を取り、長崎奉行配下の古田仁兵衛という隠密について調べてもらった。

市之進は上役である鳥居耀蔵《とりいようぞう》の勘気《かんき》を買い、謹慎の解けきらぬ身である。が、目付仲間の伝手をたどり、斬られた隠密のことを探ってくれたのだ。

密命の中身に関わることゆえ、多くは謎であったが、ひとつだけわかったのは、古田が長崎奉行から直々の命を受け、平戸藩の鉄砲密輸を内偵していた節があるということだった。

大砲を積んだ列強国の船舶が航行するようになって以降、同藩では対馬《つしま》海峡をのぞむ海岸線の防衛強化が声高に叫ばれ、大筒《おおづつ》を備えた鉄砲隊の編成なども考案されているという。言うまでもなく、外様《とざま》の藩が勝手に火器を装備するのは幕府により禁じられており、謀反《むほん》とみなされても仕方ない。大目付や目付は各藩の動向に神経を尖らせ、なかでも九州諸藩を監視する役目の長崎奉行は隠密活動を余儀なくされていた。

古田は重大な密命を帯びていたにもかかわらず、役目を果たさんとする途中で平戸藩重臣の不正に勘づき、隠密の立場を悪用して強請をおこなった。おそらく、池之端の袋物屋が斬殺されたからくりも調べてあったにちがいない。それゆえ、袋物屋が殺められたのと同じところに相手を呼びつけ、小金をせびりとろうとしたのだ。

市之進によれば、古田仁兵衛は一刀流の達人であったという。

剣の腕には自信があった。にもかかわらず、呆気なく斬殺された。

対峙した相手は、古田を凌駕《りょうが》する遣い手であった。

やはり、小田切数馬ではあり得まい。

蔵人介が抜かれた白刃に嗅いだのは、野良犬の流した血の臭いだ。

本物の人斬りは、平戸藩の下屋敷に消えた。

確たる証拠もなしに松浦静山公へ告げることはできなかったが、おそらく、人斬りは江戸留守居役の子飼いであろう。

その留守居役、今福頼母と会うために、蔵人介は小名木川を小舟で下った。

韮沢検校は約束を守り、養嗣子を迎えるための段取りを組んでくれたのだ。

二日ほど降りつづいた雨のせいで、小名木川の水嵩《みずかさ》は増していた。

桟橋から陸へあがり、亀戸村の羅漢寺をめざす。

導かれたさきには、大屋根を銅瓦で葺いた立派な屋敷が建っていた。

ほかでもない、そこは小普請奉行である鳴子貞之丞の別邸だった。

門を潜って玄関先で案内を請うと、中庭をのぞむ座敷に招じられた。

十五畳ほどの座敷では、宴がはじまっている。

まるで、柳橋あたりの茶屋のようだ。

何処から呼びよせたのか、座敷芸者の嬌声も聞こえてきた。

床を背にした上座には、ふたりの人物が横並びに座っている。

向かって右手は鰓《えら》の張った鯒《こち》に似た大柄の人物で、左手は赭《あか》ら顔の小肥りだ。

右手に座る鯒顔が、鳴子にほかならない。

となれば、左手の赭ら顔が今福ということになろう。

目のみえぬ検校は取りもち役で、置屋から呼んだ綺麗どころをけしかけ、上座のふたりに酒を注がせている。

そして、三人のほかにもうひとり、藪睨《やぶにら》みの悪相が下座に控えていた。

落ちつかぬ様子で酒を舐める男の腰には、朱房《しゆぶさ》の十手がみえる。

舟形満を捕縛した北町奉行所の与力かもしれない。

名はたしか、柳下虎三。

まさしく、悪党仲間の揃い踏みであった。

蔵人介が部屋に顔を出しても、客は誰ひとり気づかない。

検校は芸者のひとりに袖を引かれて、ようやく気づいた。

福禄寿のごとき禿頭《とくとう》をめぐらせたが、鳴子のほうがさきに大声を発してみせる。

「そこにおるのは鬼役、矢背蔵人介か」

蔵人介は正座して両袖をはらい、畳に両手をついた。

「近《ちこ》う寄れ。ほれ、遠慮いたすな」

まるで、大名のような尊大さだ。

蔵人介は、顔色も変えずに近づいた。

「今福どの、あれが噂の鬼役じゃ。居合の手並みは幕臣随一との噂でな。矢背よ、ひとつ余興《よきょう》代わりに居合を披露せぬか」

「お戯《たわむ》れを」

「戯れではないぞ。それはな、矢背家に養子の口利きをするための条件じゃ。考えてもみよ。たかだか二百俵に命を懸けねばならぬ毒味役の家に、誰が好きこのんで養子にはいるとおもうておる。おぬしもわれらに口利きを頼む以上、それなりの覚悟は決めてもらわねばなるまい」

「それなりの覚悟でござりますか」

「わからぬようなら、そこな検校に教えてもらえ」

水を向けられた韮沢検校は恐縮し、両手をついて謝る。

「……も、申しわけございませぬ。わたくしめのご説明不足にござりました」

険悪になりかけたところを取りなしたのは、黙って酒を舐めていた今福だった。

「鳴子さま、落ちついてくだされ。聞けば、矢背どのは幕臣随一の剣客だとか。さような御仁とお近づきになれただけでも、本日はよしとせねばなりますまい。これを縁に関わりが深まれば、そこにおられる与力どの同様、心強いお味方を得られたも同然にござります」

得たりとばかりに、検校がはなしを受けとった。

「今福さまの仰るとおり、矢背さまは損得抜きでおつきあいすべきお方にござります」

要は、悪党どもの子飼いになれと言っているのだ。

宴席に呼ばれた理由が次第にわかってきた。

養子縁組に託けて、仲間に引きいれたいのだろう。

やらされる役目は、もちろん、汚れ仕事にきまっている。

「どうじゃ、おぬしも甘い汁を吸わぬか」

と、鳴子が銚釐を差しむけてくる。

ひとつ乗ってみるかと、蔵人介はおもった。

悪事の筋書きを知るためには、それが一番の近道かもしれない。

「されば」

言うが早いか、蔵人介は片膝立ちになった。

愛刀の来国次を抜きはなつや、目にも止まらぬ捷《はや》さで納刀する。

あまりに捷すぎて、太刀筋はみえない。

だが、抜いたことだけはわかった。

――ちん。

静寂のなかに鍔鳴《つばな》りが響いても、誰ひとりことばを発しない。

驚きの余り、ことばを失ったのだ。

目のみえぬ検校だけは畳に身を投げだし、不安げに問うてきた。

「……ぬ、抜いたのでござるか。ふほっ、これで矢背さまもお仲間にござる。鳴子さまのご別邸にお呼びした甲斐があったというもの」

「ぬはは、検校の申すとおりじゃ。矢背よ、後ろをみるがよい」

振りむくと、庭の中央に布をかぶせた大鉢が置いてあった。

家来ふたりが台に乗り、鳴子の合図を待っている。

「九日の菊競べに出品する大菊が仕上がった。格別にお披露目して進ぜよう。それ、布を外せ」

家来たちが慎重に布を外すと、とんでもない大きさの細工物があらわれた。

「おお……す、すばらしい。お見事でござります」

今福は赭ら顔をさらに染め、偽らざる心境を口に出した。

与力の柳下は仰天して、褒めことばも忘れている。

目にできぬ検校だけは、不満げだった。

「どうじゃ、羽をひろげた大鷹にみえぬか」

「なるほど、みえ申す」

と、今福が応じる。

「黄色い菊をふんだんに使われ、斑点模様には赤い菊をあしらっておられる。よくみれば、さまざまな色の菊が縦横に配列されておりますが、全体を眺めれば、まさに、黄金の鷹が飛翔するさまをあらわしておりまする」

「丸に違い鷹の羽は、わが鳴子家の家紋でもある。前々から鷹に関わる細工物をつくってみたかったのよ」

「さしずめ、あの細工物のお題は鷹の羽とでもなりましょうか」

「今福どのの申すとおりじゃ。よし、鷹の羽にいたそう。ぬふふ、菊競べが楽しみじゃわい。みた者は度肝を抜かすであろうよ」

鳴子は呵々と嗤い、上機嫌で盃をあげた。

「よし、返杯してつかわす。矢背よ、もそっと近う寄れ」

偉そうな口振りで呼ばれた途端、腹の底から殺気が迫りあがってくる。

――入れ子で私腹を肥やす奸臣《かんしん》め。

蔵人介はぐっと臍《へそ》の下へ殺気を押しもどし、膝で畳を滑るように進むと、脂まみれの薄汚い盃を受けた。

注がれた酒を、ひと息で呑みほす。

すると、かたわらの検校や後ろの柳下からも、安堵の溜息が漏れた。

鳴子はみずからも盃を干し、破顔《はがん》してみせる。

「さすが、上様の鬼役じゃ。呑みっぷりが堂に入っておるわ」

がははと下品に嗤う悪党どもを、はて、どうやって地獄に堕《お》とそうか。

蔵人介は、じっくり思案しはじめた。

十

翌夕。

玄関先に人の気配が立った。

「お頼み申します」

朗々とした声が、静寂に包まれた矢背家に響く。

何事かと応対に出た幸恵が、不審げな顔で戻ってきた。

「練武館館長の伊庭さまと仰る方がおみえになりました」

「何だと」

練武館館長の伊庭と言えば、心形刀流宗家の八代目を継いだ伊庭軍兵衛秀業のことにちがいない。老中水野忠邦の推挙で、さきごろ書院番士になった人物でもある。

「いったい、何用であろうか」

首を捻りつつも、急いで客間に案内させる。

居ずまいを正しておもむけば、齢三十前後の堂々とした月代侍が下座に控えていた。

これを上座に追いたて、幸恵に茶を運ばせたあと、さっそく、参じた理由を尋ねてみる。

「静山公より、お使者の役を授かりました」

と応じられ、蔵人介はようやく合点できた。

「まさか、伊庭先生がお使者としてお越しになるとは、おもいもよりませなんだ」

「稀にもないことでござります。静山公は、矢背さまをえらくお気に召したご様子でした。お聞きしたところによりますれば、矢背さまは幕臣随一の剣客であられるとか。『是非一度お手あわせ願いたい』と口走ったところ、静山公は『わしを差しおいて抜け駆けは許さぬ』と、真剣な面持ちで仰いましてな」

「恐れ多いおことばでござります」

「あの剣幕から察するに、あながち戯れて仰ったともおもえませぬ。それに、もう傘寿になられましたが、身のこなしや太刀行《たちゆき》の鋭さは瞠目《どうもく》に値します。いまだ、侮《あなど》りがたい力量をお持ちなのでござります。かくいうそれがしも、幼少のみぎりは静山公に稽古をつけていただきました。生意気な口は叩けませぬ」

伊庭は好人物で、快活な喋りっぷりからも人柄の良さが窺えた。

また、静山公とは深い縁で結ばれており、全幅の信頼を置かれているところからくる自信や余裕も感じられる。

「ところで、本日まかりこしましたのは、舟形満の一件にございます」

伊庭は舟形が辻斬りの濡れ衣を着せられたことを静山から聞き、どうにかして救えぬものかとおもい、さっそく知りあいを介して町奉行所に掛けあってみたという。

「いまだ口書《くちがき》を取得するにはいたっておらぬものの、町方の役人どもは一度捕縛した疑わしき者を安易に解きはなつことはできぬの一点張りで、どうにも埒が明きませぬ。静山公は御自ら北町奉行の大草《おおくさ》安房守《あわのかみ》さまに掛けあってもよいと仰いましたが、事が大きくなりすぎて藩に悪影響を及ぼすは必定《ひつじょう》ゆえ、そうしていただくわけにもまいらず、正直、苦慮しております」

「さようでござりましたか」

期待していただけに、蔵人介はがっくり肩を落とす。

もちろん、伊庭には何ひとつ落ち度はない。静山公に命じられて面倒な役目をやらされているだけなので、蔵人介としても申し訳ない気持ちだった。

「舟形兄弟について、いささか、お伝えせねばならぬことがござります」

伊庭は兄の満とは面識がないものの、弟の譲《ゆずる》とは交流があったらしい。

譲は、静山が創始した藩校である維新館《いしんかん》きっての秀才だった。それゆえ、奥右筆《おくゆうひつ》に抜擢《ばってき》され、三年余りまえに江戸定府《じょうふ》となった。定府となって数日後、静山の紹介状を携えて伊庭道場の門を敲《たた》いたという。

「目から鼻に抜けるような賢い若者でござりました。ところが、剣のほうはからっきしで。鍛え甲斐のある若者だとおもっていたやさき、命を落としてしまったのです」

赴任して間もないある夜、平戸藩の上屋敷がある浅草元鳥越の七曲《ななま》がりで何者かに斬られた。

「下手人は捕まらず、ほどもなく探索打ちどめと相成りました。御下屋敷へお見舞いに伺ったところ、静山公は『藩にとってなくてはならぬ若者を失った』と、えらく嘆いておられました」

兄の満はそのころ、国元で藩士たちの素行を調べる横目《よこめ》に任じられていた。

ところが、弟の死を知ってすぐさま役を辞し、藩を出奔《しゅっぽん》したらしいとの噂を、伊庭は風の便りに聞いたという。

「仇を討ちたいのだと察しました。兄による仇討ちは逆縁ゆえに、藩は認めてくれませぬ。弟の仇を討ちたければ、罰せられるのを覚悟で藩籍を離れるよりほかに方法はないのです。それがしの周囲には、同情を禁じ得ないとする声が多くござりました」

数ヶ月後、舟形譲の死について、ひとつの噂がまことしやかに囁かれはじめた。重臣のひとりが国元で鉄砲密輸に関わっていることを嗅ぎつけ、上役にも内緒で密かに探索を進めていたという噂だ。

「誰が噂を広めたのかもわからず、譲どのが調べていた重臣が誰かもわかりませぬ。先日、不忍池の池畔で斬殺された侍が長崎奉行配下の隠密だったとのはなしを聞き、その噂をおもいだしたのでござります」

伊庭は伝手をたどって町奉行所へおもむき、隠密殺しの覚書をみせてもらったのだという。

「隠密はまるで、鷹の羽が交わるように八文字に胸を斬られておりました。じつは、三年前に舟形譲が斬られた手口と酷似しておりましてな。これは邪推にござるが、池畔で斬られた隠密は鉄砲密輸を探索しておったのではないかと」

市之進が調べてきた内容とも合致する。

いずれにしろ、ふたつの殺しには密接な関わりがある。

「あくまでも邪推の域を出ぬゆえ、静山公には申しあげておりませぬ。されど、静山公も八文字斬りについては注目しておられました」

「何でも、心形刀流の奥義に似た技がおありだとか」

「さきほども申しあげたとおり、奥義の名は鷹の羽と申します。二刀を自在に使う難しい技ゆえ、それがしの知るかぎり、修得した者はほとんどおりませぬ」

「なるほど」

蔵人介が前のめりになりかけたところで、伊庭はするりと話題を変えた。

「ところで、兄の舟形満どのがつい先日練武館へ参じ、道場荒らしのまねごとをしたと、門弟たちから聞きました。意図ははかりかねますが、三年前の斬殺をろくに調べもしなかったことを詰《なじ》られたようにおもい、じつは気に病んでおります」

「その数日後、舟形どのを連れて、それがしも道場に伺いました」

「聞いております。何でも、根付を探しにこられたとか」

「家の者が実父の形見として携えていた根付で、ご無礼も顧みずに伺いました」

「無礼をはたらいたのは、こちらのほうでござる」

刀を抜いた小田切数馬のことを言っているのだ。

「小田切は性《さが》に難がござります。一度などは遊び金欲しさに実父である韮沢検校のもとへおもむき、借金を断られて自暴自棄になったあげく、様《ため》し斬りに使った村正《むらまさ》を路上で振りまわしました。破門にせなんだのは、最初から難ある性とわかって預かったからでござる。あの者の性根を叩きなおすことこそが、伊庭道場の館長としての役目と心に誓った以上、中途で門から放りだすわけにもまいりませぬ」

「その心掛けや、お見事と申しあげたい」

伊庭は黙りこみ、冷めた茶を口にふくんだ。

突きだした喉仏が上下するのを、蔵人介はじっとみつめた。

「矢背さま、小田切数馬の事情はご存じでしょうか」

「入れ子という噂は耳にしております」

「さよう、入れ子であることが露見いたせば改易《かいえき》の恐れもあるゆえ、小田切家のご当主はそれがしに口外せぬよう、つい先日、言いふくめにまいられました。そうした事情を知るにつけ、数馬が哀れにおもわれてなりませぬ。許せぬのは、実子を物のように扱った検校にござります。実子を旗本に婿入れさせるという、おのれの野心を充たさんがため、法度破りの入れ子を持ちかけたに相違ない。韮沢検校には、よからぬ噂もござりましてな」

聞くまでもない。「入れ子」の口利きで儲けているのだ。

伊庭は居ずまいを正す。

「矢背さまは、小田切数馬が舟形満どのに濡れ衣を着せた真の下手人と疑ってお いでだったのではありませぬか。されど、数馬には人を斬るほどの度胸はござらぬ。じつはひとり、おもいあたらぬでもない者がおります」

「ほう」

今から二年ほどまえにふらりと訪れ、元平戸藩の藩士だが一手指南を頼みたいと望んできた。

「受けてたったところ、それがしと互角の勝負をいたしました。わが流派の奥義を自在に操り、二刀を持たせても怯《ひる》むことはありませなんだ」

「その者、鷹の羽を使うと仰る」

「おそらくは。あとになり、舟形譲を斬った八文字斬りが脳裏を掠《かす》めましてな。何故、それがしのもとを訪れたのかは判然といたしませぬ。それが最初にして最後の立ちあいにござれば、今は生きておるのかどうかも定かではありませぬが」

蔵人介は逸《はや》る気持ちを抑えた。

「その者の名は、おわかりでござろうか」

「平瀬源之進《ひらせげんのしん》、おそらく、本名でござります。平戸藩に探りを入れてみたところ、以前に同姓同名の藩士が在籍しておりました。国元で舟形満と同じ横目に任じられていたものの、何らかの過ちをおかして御役御免になったとかで」

平瀬なる者が子飼いの刺客だとすれば、平戸藩の江戸留守居役や高利貸しの検校が関わる悪事の筋書きも如実に浮かびあがってくる。

ただ、伊庭にはなすことではない。

純粋に剣の道を志す若き指導者を面倒事に巻きこんではならぬ。

蔵人介は両手を畳につき、おもいがけぬ来訪に感謝の意をしめした。

「どうか、お手をあげてくだされ。これは静山公に結んでいただいたご縁にござる。いずれまた、近いうちに。道場にもお立ち寄りください」

伊庭は気さくな調子で言い、冠木門までの見送りを断って帰っていった。

それから四半刻足らずののち、すずしろの銀次が由々しき一報をもたらした。

捕縛されていた舟形満が、町方の手から逃げたというのだ。

早朝、大番屋から小伝馬町の牢屋敷へ移されようとしていた矢先、捕吏《ほり》たちの隙を盗んで逃走をはかったらしい。

町奉行が箝口令を敷いたので、大きな騒ぎにはなっていない。

蔵人介には、舟形のやりたいことがすぐにわかった。

弟の弔い合戦をするつもりなのだ。

「このこと、卯三郎には秘しておくように」

幸恵に厳しく言いつけるや、蔵人介は銀次とともに門の外へ躍りでた。

十一

――今福頼母め。

鉄砲の密輸と入れ子の口利き、平戸藩の重職を任されておりながらも藩政を顧みず、私腹を肥やすことに血道をあげている。しかも、みずからの悪事を隠蔽すべく、非道な人斬りに命じて邪魔者の口を封じさせ、弟の命をも奪いとった。

「許さぬ」

舟形満は悪事の筋書きを知ったとき、全身憤怒《ふんぬ》のかたまりと化した。石抱き、十露盤《そろばん》、笞打《むち》ちと、厳しい責め苦に耐えつづけたのも、好機の到来を信じていたからだ。

みずから笞を握った吟味方与力の柳下虎三は、隠密殺しの下手人であることを認める口書を一刻も早く取りたがっていた。少しばかり弱味をみせてやると、手下のいないところで悪事のからくりを喋りはじめた。

「おぬし、実弟殺しの下手人を捜しておるらしいな」

柳下はこちらが驚く様子を楽しみながら、顔を近づけてきた。

「ふふ、わしは弟を斬った者を知っておる。何せ、そやつ、袋物屋と隠密と夜鷹までをも斬りおったのだからな」

おもわず身を乗りだすと、柳下は交換条件を出してきた。

「隠密殺しは自分がやったと認めるのならば、まことの下手人が誰なのか教えてつかわそう」

しばらく考えるふりをして、口書に応じてやった。

殺しを認めれば、大番屋の詮索部屋から小伝馬町の牢屋敷に移されるはずだ。

南茅場町から移動する途上で逃れる好機はかならず訪れる。そう信じた。

「……嗚呼《ああ》、神仏は見捨てなかった」

舟形は後ろ手に縛られて海賊橋《かいぞくばし》を渡る途中、隙をみて背後の小者《こもの》を蹴りたおした。

血相を変えて斬りかかってきた柳下に胸を晒し、わざと袈裟懸けに斬られてやった。胸をざっくり斬られたが、それと同時にからだを縛っていた縄も切れた。自在に動くようになった手で縄の切れ端を掴み、柳下の首を絞めあげてやった。そして、こときれたのを確かめるや、橋の欄干《らんかん》に飛びのり、えいとばかりに楓川《もみじがわ》へ飛びこんだのである。

流れは急で、楓川から日本橋川《にほんばしがわ》へ流されていった。

流れ流れて永代橋の橋脚に引っかかり、霊岸島《れいがんじま》の隅にどうにか身を持ちあげた。

柳下に斬られた傷は浅くないものの、痛みなど少しも感じない。

弟の仇を討ちたいという一念が、痛みや苦しみを打ち消していた。

柳下の口から漏れた仇の名を反芻する。

――平瀬源之進。

その男は五年前、平戸城下で遊女を斬った。

酔ったうえの狼藉《ろうぜき》で、当時の上役は目付に任じられていた今福頼母だった。

体面を重んじた今福は凶事を隠蔽し、平瀬に御役御免を申しわたした。

爾来《じらい》、平瀬を城下で目にした者はいない。

今福は死んだ遊女の抱え主に金を渡し、口外無用の因果《いんが》をふくめたとの噂もある。

それから二年後、弟の譲は江戸表で奥右筆に就いた直後、今福が鉄砲密輸に関わっていた疑いのあることを嗅ぎつけ、丹念に調べはじめた。その矢先、何者かに斬殺されたのだ。

弟の死を辻斬りのせいにしたのも、当時、江戸で留守居役に出世していた今福の一存だった。兄の満は反感をおぼえたものの、弟の死について今福の関与をしめす証拠を摑めぬまま、役目を辞して江戸へ出てきた。

弟を斬った下手人が名のある道場に師範代として潜んでいると聞いたからだ。

今にしておもえば、それは平瀬本人が流した噂だったのかもしれない。

五年前、舟形は平瀬と一度だけ立ちあったことがあった。

国元での御前試合だ。藩主の松浦熈《ひろむ》と先代の清《きよし》こと静山も列席した藩随一の力量を決める試合で、ふたりは最後まで残った。

下馬評では平瀬優位と目されていたが、舟形には自信があった。

平瀬は確かに強い。太刀行の捷さは、藩内でも群を抜いている。ところが、精神に迷いがみられた。おのれの強さに驕《おご》り、日々の鍛錬をおろそかにしていることも知っていた。

結末は、予想したとおりになった。

木刀の寸止めで、舟形は突きの初手を躱し、脇胴を抜いたのだ。

数日後、平瀬は城下の女郎屋にしけこみ、泥酔したあげくに刀を抜いた。

御前試合での負けが、凶事に走らせたのかもしれない。

平瀬は藩から追放され、舟形に逆恨みを抱くようになった。

そののち、平瀬は今福に命じられて弟の譲を斬ったが、それには私怨もふくまれていたような気がする。みずからを捜させるように仕向けたのも、私怨を晴らさんがための方便だったのだろう。

そう考えれば、すべての説明はつく。

「あやつも決着をつけたがっているのだ」

舟形は傷ついたからだを引きずり、今福頼母の拠る平戸藩の上屋敷へやってきた。浅草元鳥越の七曲がりといえば、大名屋敷と旗本屋敷が混在するところだ。

今福をみつければ、影となって従う平瀬とも対峙できるはずだ。

塀際の暗がりに潜み、正門を行き来する者たちに目を凝らした。

やがて、門も閉まり、あたりは闇に包まれた。

亥ノ刻を過ぎたころ、門前へ怪しげな駕籠が一挺《ちょう》滑りこんできた。

門脇の潜り戸が開き、頭巾をかぶった偉そうな人物があらわれる。

舟形は、ごくっと空唾を呑みこんだ。

今福にまちがいない。

主を乗せた駕籠はふわりと浮き、堀川に沿って走りだす。

七曲がりの道を、舟形は早足で追いかけた。

いくつ目かの角を曲がると、雑草の生い茂る空き地に出る。

人っ子ひとりいない空き地のまんなかに、さきほどの駕籠だけがぽつんと残されていた。

警戒する余裕もなく、駕籠のそばへ近づいた。

えいとばかりに垂れを捲《めく》ると、内には誰もいない。

「ぬははは」

背後の草叢《くさむら》から、笑い声が聞こえてきた。

草を分けてあらわれたのは、平瀬源之進にほかならない。

「五年ぶりだな、舟形満」

「平瀬源之進か、はかったな」

「よいではないか、のぞむところであろう。町奉行所の阿呆な役人どもは、おぬしを血眼《ちまなこ》になって捜しておるぞ。まさか、こんなところにおるとも知らずにな」

「弟の譲を斬ったのは、おぬしだな」

「今さら聞くまでもなかろう。わしは五年前、腹を切らねばならぬところを、今福さまに救われた。それゆえ、命じられたことは何でもやると心に誓ったのだ。おぬしの弟を斬るように命じられたときは、天にも昇る気分だったぞ。おぬしは、わしの人生を台無しにしてくれた。血を分けた弟を斬れば、少しは気も晴れるとおもうたのさ。いまわの際で、弟は叫んでおったぞ。『きっと、兄が仇を討ってくれる』となっ」

五体に流れる血が逆流しはじめる。

「むふふ、怒るがよい。弟のみたてがまちがっておったことを証明《あか》してやる。舟形よ、もはや、おぬしは死に体だ。わしが引導を渡してくれよう」

「のぞむところ」

舟形は刀を抜いた。

咄嗟に奪った町方与力の鈍刀《なまくら》だ。

「ふん、怪我をしておるのか。哀れなものよ」

平瀬は大股で歩みより、前触れもなく、八相から片手斬りに斬りつけてくる。

「ぬえい」

これを受けた途端、鈍刀がぐにゃりと曲がった。

「所詮は、それがおぬしの運命《さだめ》よ」

平瀬が左手で脇差を抜く。

つぎの瞬間、胸元に冷気が走った。

みやれば、左右の肩口から脇腹にかけて傷口が八文字にぱっくりひらき、裂け目から夥《おびただ》しいほどの鮮血が噴きだしている。

「ぬおおお」

それでも、舟形は相手を睨みつけ、ひと太刀浴びせようと腕を振りあげた。

と同時に、肋骨が皮膚を破って飛びだし、海老反りの恰好で倒れていく。

天と地が逆さまになった瞬間、わずかに残された意識も暗転した。

十二

「遅かったか」

と、銀次はつぶやいた。

蔵人介が舟形満の死を知ったのは、ついさきほどのことだ。

斬られたところへたどりついてみると、そこは元鳥越の七曲がりから御蔵前《おくらまえ》に向かう途中で、山狗《やまいぬ》のうろつく空き地の一角だった。

筵《むしろ》にくるまれた屍骸は、もはや、町方の手で運ばれてしまっている。

月明かりに照らされた暗がりには、どんよりとした瘴気《しょうき》が漂っていた。

「殺ったのは、平瀬とかいう侍でやしょうか」

銀次は眸子を刃物のように光らせた。

「おそらくな」

蔵人介は頭を垂れ、短く祈りを捧げる。

舟形は死地に誘われ、命を落とした。

覚悟の死であったに相違ない。

平瀬源之進が同じ平戸藩の横目だったことからしても、舟形とのあいだに何らかの因縁があったのだろうと、蔵人介は予想した。

たとい、そうであったとしても、一連の殺しは江戸留守居役の今福頼母や韮沢検校が悪事を隠蔽《いんぺい》するためにやらせたことだ。無論、法度の「入れ子」を斡旋することで甘い汁を吸っている小普請奉行の鳴子貞之丞も許すわけにはいかない。

懸念すべきは、卯三郎をこのたびの仕置きにどう関わらせるかだ。

鬼役を継ぐ者は、剣術に優れていなければならぬ。

その理由は、暗殺という裏の御用を成し遂げねばならぬ立場でもあるからだ。

悪事不正をおこなう幕臣や非道な悪党どもに、蔵人介は引導を渡さねばならぬ。

天に代わって裁きを下すと言えば聞こえはよいが、生身の人間を斬ることに変わりはない。役目は苛酷で、剣の力量のみならず、何事にも動じぬ心根の強さが求められる。

強さを養うには、血腥い経験を積むしかない。

しかも、ひとつひとつの経験は、命を懸けねば得られぬものでもあった。

そもそも、卯三郎を苛酷な仕置きに参じさせるか否か、蔵人介には今ひとつ覚悟ができていない。

それは陰惨な人の死に数多く関わってきた者にしかわからぬ境地であろう。

闇の世に生きる銀次には、蔵人介の懊悩《おうのう》が理解できるようだった。

それゆえ、さきほどから余計なことばを発しない。

沈思《ちんし》のときが流れ、どちらからともなく去りかけたとき、曲がり角にふたつの人影があらわれた。

串部と卯三郎である。

じつは、蔵人介が使いを出し、舟形が斬られた場所を伝えておいたのだ。

提灯を手に近づいてきた卯三郎は、泣きつかれたような目をしていた。

「遅くなりました」

低声《こごえ》でひとことこぼし、屍骸が横たわっていたであろう草叢に歩みよる。

右手には白菊の束を抱えていた。

ゆっくりと屈み、魂魄のわだかまる草叢に白菊を手向《たむ》ける。
うつむいて祈りを捧げると、永遠にときが止まったように感じられた。
「口惜しゅうございます」
泣きもせず、卯三郎は振りかえる。
その顔からは、怒りや悲しみや、すべての感情が削《そ》ぎおとされていた。
蔵人介が嗜《たしな》みで打つ能面にも似て、表情というものがない。
ただ、きりりと結ばれた唇もとにだけは、意志の強さが宿っている。
紛れもなく、それは鬼役を継ぐべき者の顔であった。
「ともに参るか」
蔵人介は我知らず、誘ってしまう。
「仰せのとおりに」
卯三郎は、すんなりと応じてみせた。
説得のことばなど、最初から要らない。
短いやりとりだけで、気持ちは充分に通じあえる。
血の繋がりはなくとも、ふたりは精神の深いところで繋がっているのだ。
卯三郎の心から私怨は排され、そこにあるのは役目を淡々と遂げようとする意志のみにほかならない。

もはや、悩むことなど何もなかった。

こやつも修羅場に連れていこうと、蔵人介はおもった。

十三

長月九日、重陽《ちょうよう》。

駒込の青物市場《やっちゃば》は、いつも以上の混雑ぶりをみせていた。

市場の一角には畑で収穫された青物ではなく、菊人形が所狭しと並び、各々に細工を凝らした大鉢物も見受けられる。

菊作りは身分や貴賤の別を問わず、武士も町人も力量ひとつで参じることができた。

ただし、菊競べに出品される大細工物は別格で、暇と金のある者でなければ評価に値する作品に仕上げることができない。お披露目された作品には「帆掛船に七福神」やら「赤富士」やら「乱舞する虎」などと題名が付けられ、いずれも絢爛《けんらん》豪華と表現するにふさわしく、見物人たちは足を止めては感嘆の声をあげていた。

じつは、どの細工物が大賞を取るか、賭けの対象にもなっている。

それゆえか、見物人たちの目も真剣そのものだ。

居並ぶ作品のなかには「鷹の羽」もあった。

鳴子邸の庭で目にしたものだ。金を掛けているだけあって、黄金の大鷹が羽をひろげて飛翔するすがたは衆目《しゅうもく》を惹き、数ある細工物のなかでも豪華さは群を抜いている。

「きっと、鷹の羽が大賞を取るにちがいない」

などといった下馬評を聞きながら、蔵人介は少し離れた物陰から様子を窺っていた。

かたわらには、卯三郎が張りつめた面持ちで控えている。

串部と銀次は二手に分かれ、行き交う人々に目を凝らしているはずだ。

人の波を眺めていると、串部が裾を捲って駆けてきた。

「殿、悪党どもが雁首《がんくび》揃えてやってきましたぞ」

入口をみやれば、小普請奉行の鳴子貞之丞を筆頭にして、平戸藩江戸留守居役の今福頼母と検校の韮沢与市も従者たちを率いてやってくる。

ただし、従者のなかに、平瀬源之進のすがたはみあたらない。

「うっかり、近づけませぬな」

群衆のなかに潜み、周囲に警戒の目を送っているのだろう。

とりあえず、しばらくは様子を眺めているよりほかになかった。

卯三郎の目には、怒りの色が滲んでくる。

実の兄も同然に慕っていた舟形満は、菊を愛でる悪党どもに殺されたようなものだ。

それをおもうと、名状《めいじょう》しがたい憎しみが湧きあがってくるにちがいない。

反対の方角から、今度は銀次が走ってきた。

「旦那、小田切数馬があらわれやした」

昼の日中から泥酔しており、見物人たちの顰蹙《ひんしゅく》を買っている。

――きゃあああ。

突如、帛《きぬ》を裂くような女の悲鳴が響いた。

何事かと振りむけば、小田切数馬が大刀を抜きはなち、町娘に斬りかかろうとしている。

「ひゃはは、戯《ざ》れ事《ごと》じゃ」

笑いあげながら棚に近づき、横並びになった菊人形の首を飛ばしてしまう。

ひとつ首を飛ばすたびに物狂いの度は増してゆき、ついには大細工の鉢物が並ぶところまでやってくる。

「数馬どの、よさぬか」

か細い声を発したのは、実父の韮沢検校であった。

惨状は目にみえぬものの、事態が逼迫《ひっぱく》していることはわかっている。

数馬は検校をみつけ、前歯を剝きだした。

「おのれ、検校。金を寄こせ」

怒鳴りつつ、鳴子のつくった「鷹の羽」に迫る。

「やめろ、来るな。来るでない」

うろたえた鳴子は、声をかぎりに叫ぶ。

従者たちは数こそ揃っているものの、腰が引けて誰ひとり刀を抜こうとしない。

そもそも、抜いたこともないような腰抜けどもだ。

今福も最後尾に隠れ、様子眺めをきめこんでいる。

鳴子は右腕を伸ばし、検校の襟首を摑んだ。

「うわっ、何をなされます」

「莫迦もの、あの物狂いをどうにかいたせ。おぬしの実子であろうが」

「できませぬ。殺生《せっしょう》にござります」

「ええい、黙れ。早う行かぬか」

検校は鳴子に背中を蹴られ、前のめりに躍りだしていく。

つぎの瞬間、数馬が無造作に白刃を振りおろした。

「ぬぎゃ……っ」

検校は眉間を割られ、その場にくずおれてしまう。

鮮血が飛びちり、女たちの悲鳴があがった。

「ぬひゃひゃ、天罰じゃ。子を捨てた天罰じゃ」

数馬は返り血を浴びた身で白刃を振り、丹精込めてつくられた菊の大細工をずたずたに切り刻んでいく。

「うわあ、やめろ、やめてくれ」

鳴子は両膝をつき、必死に叫びつづけた。

そのとき。

数馬の背後に、人影がひとつ迫った。

閂差しにした鞘から二刀を抜き、数馬が振りむいた拍子に斬りさげる。

——ずばっ。

心形刀流、八文字斬り。

まさに「鷹の羽」と称する奥義を繰りだしたのは、平瀬源之進にほかならない。

群衆のなかに潜み、じっと飛びだす機会を窺っていたのだ。

「ひゃああ」

悲鳴が錯綜し、周囲は大混乱となった。

見物人たちが右往左往するなか、蔵人介だけは人の波に逆らって獲物のそばに近づいていく。

残骸と化した菊細工のまえで、鳴子貞之丞が呆然と佇んでいた。

振りむいた顔に、生気はない。

三途《さんず》の川を渡る者はみな、同じような顔になる。

「……お、おぬし、鬼役ではないか」

鳴子が声を震わせた。

「お気づきになったか。これを」

蔵人介が鳴子の手に握らせたのは、裏面に青海波《せいがいは》の描かれた六文銭だ。

「いったい、何のまねじゃ」

「それがなければ、三途の川は渡れませぬゆえ」

「……な、何を抜かす」
驚いた顔のままで、鳴子はその場に立ちつくす。
すでに、抜きの一刀で脇胴を剔《えぐ》られていた。
もはや、蔵人介のすがたはそばにない。
ふたり目の獲物を求めて、卯三郎ともども人の波を掻きわけている。
一方、今福頼母は平瀬源之進に先導され、出口のほうへ向かっていた。
突如、真横から一陣の風が吹きぬけ、平瀬の眼前に匕首《あいくち》が閃いた。
咄嗟に持ちあげた左肘に、ぐさっと匕首が刺さる。
と同時に、平瀬は抜いた。
「ふん」
後ろに跳ねた相手の脚を斬る。
手応えはあった。
尻餅をついた男は、すずしろの銀次だ。
骨まで達する傷ではないが、闘う力は残っていない。
「小癪《こしゃく》な」
平瀬は肘に刺さった匕首を抜き、かたわらに捨てた。

今福を連れて出口から出ると、殺気を帯びた別の刺客が待ちかまえている。

柳剛流《りゅうごう》の臑《すね》斬りを得手とする串部であった。

物腰をみただけで、強敵であることはわかる。

「御前、こちらへ」

平瀬は今福の袖を引き、人気のない脇道へ逃れていった。

そこは、進めば進むほど暗くなる袋小路にほかならない。

石垣の聳《そび》えるどんつきには、異様な殺気がわだかまっていた。

待ちかまえていたのは、先回りしていた蔵人介である。

今福が気づき、声をひっくり返した。

「おぬし、鬼役か。助けにきおったのか」

平瀬が即座にたしなめた。

「御前、あやつは刺客にござりますぞ」

「何じゃと」

「われらの命を奪うために、近づいたのでござりましょう」

「くう、されば平瀬よ、あやつを手早く成敗《せいばい》いたせ」

「そのつもりでござる」

退路のほうには、串部と卯三郎もやってきた。

蔵人介は静かに近づき、ぼそっと漏らす。

「うぬらは嚢中《のうちゅう》の鼠《ねずみ》」

「ふん、どっちが鼠か、わしがはっきりさせてやる」

平瀬は二刀を抜きはなち、左肘の痛みに顔をしかめた。

「左手は、ほとんど使えまい」

蔵人介の指摘に、平瀬は笑いあげる。

「ふはは、これしきの傷、蚊に刺されたようなものさ」

「されば、まいろう」

「のぞむところ」

平瀬は瞬時に間合いを詰め、右手一本で袈裟懸けの一刀を浴びせてくる。

「やっ」

「たっ」

両者の気合いが、かさなった。

一閃、蔵人介の国次が唸りをあげる。

「ぐおっ」

刀を握った平瀬の右小手が落とされた。
なおも、震える左手で脇差を突きだす。
蔵人介は逡巡《しゅんじゅん》しない。
――ひゅん。
刃音とともに、平瀬の首が飛ばされた。
生首は菊人形のごとく、今福の足許へ転がっていく。
「ひゃああ」
小肥りの今福は踵を返し、よたよたしながら退路へ向かう。
「行ったぞ、卯三郎」
蔵人介は串部ではなく、卯三郎の名を呼んだ。
が、卯三郎は佇んだまま、刀を抜こうとしない。
四肢が強ばり、刀を抜くことさえできないのだ。
一方、今福はよろめきつつも、最後の抵抗をこころみる。
腰の刀を抜きはなち、大上段に振りかぶった。
「死ね」
卯三郎の額めがけ、白刃を振りおろす。

――きいん。

すんでのところで、串部が一刀を弾いた。

「莫迦者、手出しいたすな」

蔵人介が、遠くから叱りつける。

「死なばそれまでじゃ」

卯三郎は、はっと我に返った。

自分がやらねば、相手に斬られる。

それだけのはなしだ。

「若造め」

髪を乱した今福が、八相から袈裟懸けに斬りつけてくる。

串部の助っ人は、二度はない。

卯三郎はふわりと躱し、今福の小脇を擦りぬけた。

「うっ」

断末魔の叫びもなく、留守居役は顔から落ちていく。

何処をどう斬ったのかもわからず、斬った手応えもない。

だが、今福頼母は二度と起きあがってこなかった。

「お見事にござる」

間髪を容れず、串部が言った。

その背後へ、銀次が脚を引きずってくる。

「……や、やりやしたね」

ふたりに褒められても、嬉しくも何ともなかった。

卯三郎の胸に去来するのは、底知れぬ虚しさだけだ。

「それがお役目というもの」

巌《いわお》のごとき蔵人介が、すぐそばに立っている。

その眸子が少し潤んでいるように感じられてならない。

「……ち、養父上《ちちうえ》」

すがりつきたいおもいで、卯三郎は胸に温めていたことばを搾りだす。

蔵人介はただ、黙然とうなずいた。

十四

半月後。

死者の言霊《ことだま》でも伝えにきたのか、鱗雲《うろこぐも》に覆われた秋空に一居《ひともと》の灰鷹が旋回している。

——ぴゅっ。

松浦静山が指笛を吹いても、灰鷹は素知らぬ顔で悠然と舞いつづけた。

「あやつ、知らぬふりをしおって」

餌掛《えが》けをつけたのと反対の手には、手向けの花が握られている。

朽ちかけたような山門を潜り、蔵人介は甃《いしだたみ》の参道を進んだ。

本堂の裏手に踏みこむと、大小の墓石が並んでいる。

ここは葛飾《かつしか》村の宝泉寺《ほうせんじ》、平戸藩の隠居寺でもある真言宗《しんごんしゅう》の寺だ。

同藩の菩提《ぼだい》寺は「びっくり下谷の広徳寺《こうとくじ》」という地口《じぐち》でも知られる広徳寺だが、静山はこぢんまりした宝泉寺のほうに馴染みがあるようだった。

卒塔婆《そとば》の林を抜けていくと、ひときわ大きな墓石が正面にみえてくる。

「藩の礎《いしずえ》となった者たちの墓じゃ」

と、静山は言った。

墓のなかには、舟形兄弟も眠っている。

弟の墓は広徳寺にあるが、兄は藩を出奔した身なので納まるさきがなかった。

それゆえ、この墓に入れてもらい、弟の骨も分骨したうえでいっしょに埋葬されたのだ。

すべては、兄弟の死を惜しんだ静山のはからいだった。

一連の出来事の顚末《てんまつ》が、伊庭軍兵衛の口からもたらされたのである。

墓参に招かれた蔵人介の背後には、卯三郎の凜々しいすがたもみえる。

卯三郎はみずからの手で、舟形満の仇を討った。

私欲のために藩を裏切った奸臣に引導を渡したのだ。

そのこともまた、静山は知っている。

今福頼母の犯した罪は「入れ子」の口利きだけにとどまらず、鉄砲密輸についてもあきらかになりつつあった。ただし、家臣らの不始末は表沙汰にされず、内々で処分される見込みとなっている。今福は表向きは病死とされ、悪事に関わった者たちは厳しい沙汰を待つばかりとなっていた。

何もかも、静山の指示である。

一方、幕臣の鳴子貞之丞については、静山みずから老中の水野忠邦にしかるべき対応を打診していた。

ほどもなく、鳴子家には改易の沙汰が下されるにちがいない。

こうした裁きが、蔵人介なしには成し遂げられなかったことを、静山はよくわかっている。そして、鬼役に課された密命についても、薄々ではあったが、勘づいているようだった。

――鬼役とは刺客御用を果たす者のことである。

おそらく、夜話《やわ》に加えたい一文にちがいなかろう。

だが、聡明な静山がそうしないことはわかっている。

それゆえ、上役の橘右近に詰問されたときも、蔵人介は慈悲深い名君との関わりを告げなかった。

静山は墓石に花を手向け、卯三郎に向きなおる。

「鬼役になるのか」

と、唐突に問いかけた。

卯三郎は頰を赤らめ、まともに返事もできない。

静山は一歩近づき、笑いもせずに発してみせる。

「たとい、それが茨《いばら》の道であろうとも、信じた道を進め」

「……は、はい」

「人生の楽しみなど、ほんの一割にすぎぬ。九割方は辛いことばかりじゃ。ただしな、九割の困難があればこそ、一割の楽しみはかけがえのないものになる」
名君の発した教訓は、卯三郎の胸にずっしりと響いたことだろう。
空を見上げれば、あいかわらず、灰鷹が悠々と旋回している。
――ぴゅっ。
再度、静山は指笛を吹いた。
灰鷹は反応し、急降下しはじめる。
飼い主の静山めがけて突っこむや、頭上を掠めていった。
そして、大きな羽をひろげ、羽ばたきながら墓石の頂部に止まる。
鋭い嘴《くちばし》でしめした墓石の表には、鎮魂のことばらしきものが見受けられた。
――無常迅速《むじようじんそく》。
それは、人生の儚《はかな》さを説いた仏の教えにほかならない。
殺生をかさねることへの悔恨が、わずかだけ薄められたようなおもいになる。
だが、蔵人介はみずからのことよりも、卯三郎の心持ちが案じられてならない。
奸臣を斬らせたことが、はたしてよかったのかどうか、そんなことはわからぬ。
ただ、それは鬼役を継ぐ者であれば、避けて通ることのできない道であった。
今日からはいっそう、心を鬼にせねばなるまい。

静山の言ったとおり、前途には茨の道が待ちうけているのだ。

――ひょう。

灰鷹は艶《つや》やかな羽をひろげ、ふたたび、大空へ舞いあがった。

「おちょくりおって。あやつめ、仕舞いまで言うことを聞かなんだわ」

静山は胸を反らし、さも嬉しそうに嗤いあげた。

かたわらをみれば、卯三郎も眩しげに空を見上げている。

灰鷹は豆粒のようになり、やがて、鱗雲に吸いこまれていった。

# 藻塩草《もしおぐさ》

## 一

生姜市で知られる芝神明《しばしんめい》のだらだら祭りも終わったころ、京の都から一年半ぶりに疫病神《やくびょうがみ》が帰ってきた。

「望月宗次郎《もちづきそうじろう》、ただ今戻ってまいりました」

玄関口で眸子を輝かされても、あまりに唐突のことゆえ、蔵人介は「おう」としか応じられない。

宗次郎は、今から八年前に改易となった隣家の次男坊だった。亡き養父の望月左《さ》門《もん》は「高《たか》の人」と呼ばれて敬われた大身旗本で、上州《じょうしゅう》に三千石の知行《ちぎょう》地《ち》まで有していた。同じ旗本でも、二百俵取りの矢背家とは格がちがう。

ところが、当主の左門は次期老中をめぐる泥沼の政争に深く関わり、罠に嵌められて自刃に追いこまれたあげく、家屋敷まで焼かれてしまった。炎に巻かれて望月家の嫡男と養母も亡くなり、ひとり生きのこった宗次郎は寄《よ》る辺《べ》なき身となった。

　詮方なく、蔵人介は手を差しのべた。腹を切った左門から「万が一のときは身の立つようにしてやってほしい」と頼まれていたこともあったし、何よりも隣人の災難を目《ま》のあたりにした志乃が「放ってはおけぬ」と俠気をみせたからだ。

　卯木卯三郎にとっては、居候の先達《せんだつ》である。

　それが一年半前、将軍家慶の影武者となり、日光《にっこう》社参の行列にくわわった。社参の道中、謀事《はかりごと》に巻きこまれて危うく命を落としかけたのち、しばらく身を隠す意味合いも兼ねて江戸を離れていたのだ。

　志乃は宗次郎をわが子も同然に可愛がっていただけに、再会できて心の底から嬉しそうだ。

「生《なま》っ白《ちろ》いうらなり瓢簞《ひょうたん》であったに、すっかり凜々しゅうなられましたな」

　聞けば、京の三条《さんじょう》大橋から東海道を下ったのではなく、伏見《ふしみ》から乗合の三十石《さんじっこく》船《ぶね》で淀川《よどがわ》を下り、大坂湊からは酒樽を運ぶ樽廻船《たるかいせん》に便乗してきたという。

「歩く苦労をおもえば、船酔いも何のその」

日焼けのせいで精悍《せいかん》にみえるが、頬は痩けて目も落ち窪んでいる。

遠州灘《えんしゅうなだ》でひどい時化《しけ》に遭い、地獄のとば口《こ》へ何度となく近づいたらしかった。

「命を長らえたのは、生まれもった強運のおかげじゃ」

志乃は幸恵とうなずきあったが、蔵人介は顔を曇らせた。

「京で武者修行をしてまいりました」

などと、殊勝《しゅしょう》な顔で言ってのけるが、どうせ、島原《しまばら》や祇園《ぎおん》で廓《くるわ》遊びに興じていたにちがいない。

案の定、冠木門の外に怪しげな男を待たせていた。

「じつは、こちらへ戻るまえに、馴染みの茶屋で旅の垢《あか》を落としてまいりましてな。ほら例の、深川の門前仲町《もんぜんなかちょう》にある楼閣風の茶屋でござる」

正体もなく酔いつぶれ、朝起きてみたら金子を持ちあわせていないことに気づいた。

「それゆえ、金魚の糞よろしく従いてきた付け馬に遊び代を払っておけと、そういうわけか」

蔵人介は呆れかえりつつも、怒りをぐっと抑えこむ。

「こやつめ、帰ってくるなり、厄介事を持ちこみおって」

眦《まなじり》を吊る当主を制し、志乃が割ってはいった。

「ここはわたくしが」

仏間へ引っこんでそそくさと戻ってくるや、冠木門の外で待つ男に金を渡して帰らせる。

どうやら、へそくりで払ってやったらしい。

「かたじけのう存じます」

宗次郎は土間に正座し、ぺたりと両手をついた。

あいかわらず、要領だけはよい。

「よいのです。さあ、おあがりなされ。ここは、おまえさまの家なのですから」

志乃ばかりか、幸恵までもが相好《そうごう》をくずし、下にもおかぬ態度で招きいれる。

京へ上る以前も廓通いにうつつを抜かすなどして、何度となく厄介事の種を蒔《ま》いてきた。にもかかわらず、宗次郎はむかしから志乃と幸恵に好かれている。

蔵人介は首を捻った。

何故、おなごたちに好意を持たれるのであろうか。

なるほど、見目《みめ》はよい。眸子は涼しげで鼻筋はすっとしており、歌舞伎役者にしてもよいほどだ。

が、そればかりではあるまい。心の奥に底知れぬ淋しさを抱えているからではないかと、蔵人介はおもっている。

慈《いつく》しんでくれた望月家の養父母は亡くなり、幼いころから親しんだ家屋敷は紅蓮《ぐれん》の炎《ほむら》に包まれた。宗次郎が死に急ぐかのように無茶をするのは、八年前の凄惨な記憶から逃れたいからだ。

それがわかっているので、おなごたちは無茶を許したくなるのだろう。

ことに、志乃は菩薩《ぼさつ》のごとき心で宗次郎を慈しんでいる。

「長雨もようやく、あがりましたなあ」

雀の囀《さえず》りに目を向ければ、久方ぶりに青空が広がっていた。

一年半の空白などなかったかのように、宗次郎はくつろいだ様子で中庭のみえる部屋に胡座《あぐら》を掻く。

志乃や幸恵ばかりか、下男の吾助や女中頭のおせきまでもが懐かしそうに目を細めていた。

蔵人介は、複雑な気持ちを拭いされない。

宗次郎には、出生の秘密があった。

将軍家慶の御落胤《ごらくいん》なのだ。

上役の橘右近に聞いたはなしでは、家慶が若い頃、御殿女中のなかでもっとも身分の低いお末《すえ》に産ませた子だという。事の真偽は定かでない。実母は吉原《よしわら》一の花魁《おいらん》だったという者もいれば、大奥を牛耳《ぎゅうじ》る上臈姉小路《じょうろうあねがこうじ》の侍女として江戸へ下ってきた公卿《くぎょう》の娘だったという噂もある。いずれにしろ、実母は宗次郎を産みおとしてすぐ、産後の肥立ちが悪くて亡くなったと聞いた。

大奥では当時、将軍世嗣の座をかけて熾烈《しれつ》な争いが繰りひろげられており、命の危機に瀕《ひん》した嬰児《みどりご》の宗次郎は城外へ逃され、身分を隠されたまま望月家へ託されたのだ。

託したのは誰なのか。何故、望月家でなければならなかったのか。

幕政を司るごく少数の者だけがそのあたりの経緯を知っているようだが、蔵人介に詳しいことはわからぬし、関心もなかった。

宗次郎本人は、二年前に出自の秘密を知った。

家慶の影武者として出仕を命じられる段になり、秘匿されていた出自を蔵人介に告げられたのだ。

秘された出自を知るや、以前にも増して自暴自棄な行動を取りはじめた。

おそらく、内心では無用な者として捨てられたことを深く恨んだにちがいない。

ただ、表向きは、実父の家慶には何の感慨もないと漏らし、父子の情が薄いほうが影武者を演じきる自信はあるとまで言ってのけた。

そのことばどおり、宗次郎は見事に影武者を演じきり、家慶の命を守ってみせた。

今や、それすらも遠いむかしの出来事におもわれてくる。

「猿彦《さるひこ》は息災《そくさい》であろうか」

志乃は、宗次郎を守って京へ向かった恩人の名を口にした。

猿彦は比叡山の西麓にある八瀬の男だ。志乃の親戚筋にあたり、京の都では近衛《このえ》家に仕える間諜の役目も負っている。並外れた体格の持ち主で体術に優れ、八瀬衆の取りまとめ役も担っていた。

宗次郎は、さも嬉しそうに笑う。

「猿彦どのには、何から何までお世話になりました」

八瀬の自邸で寝起きをともにし、京の表から裏までいたるところを案内してもらったという。

「興味の尽きぬ都にござります。なかでも、おなご衆のはなす優雅なことばが、何とも耳に心地好い。できれば、ずっと暮らしていとうござりました」

ならば何故、江戸へ舞いもどってきたのか。

誰もが聞きたいのは、そのことだ。

宗次郎は顔をしかめ、苦しげに首を振る。

「風の噂に、夕霧《ゆうぎり》の不幸を耳にしたのでございます」

「夕霧か」

宗次郎が吉原遊廓に通いつめていたころ、相思相愛の仲になった花魁のことだ。商家の若旦那並みに放蕩三昧《ほうとうざんまい》ができたのは、吉原随一の花魁と評された夕霧の心を射止めたからである。たった一度の揚げ代で優に五十両は超えていたはずだが、遊び代はすべて夕霧が払っていた。

宗次郎には、花魁を身請けする甲斐性などない。ふたりは最初から、別れねばならぬ運命を背負っていた。夕霧は宗次郎と添いとげたい本心を隠し、金満家《きんまんか》で知られる薬種《やくしゅ》問屋の隠居に身請けされたのである。

身請けの樽代《たるだい》は、一千両とも言われていた。

遊女として、これ以上の幸福はなかろう。

楼主は潤い、同じ境遇の娘たちは羨ましがった。

宗次郎も心の底から、幸福になってほしいと願った。

いや、当然のように、幸福を享受しているものとおもっていた。

ところが、江戸から上ってきた行商から「身請けした隠居から捨てられた」との良からぬ噂を聞き、矢も盾もたまらなくなって江戸へ戻ってきたのだ。

夕霧の噂は、蔵人介も小耳には挟んでいた。

瓦版にもなり、半年前までは江戸じゅうで知らぬ者とてなかった。

だが、今では口にする者もいない。半年も経てば、誰もが忘れてしまう。

事に寄せては宗次郎の顔が頭を過ぎったものの、蔵人介は夕霧の所在を捜そうとはおもわなかった。

何せ、男女のことだ。

別れた事情は本人たちにしか知り得ない。

他人が口を差しはさむことではなかった。

余計な詮索はやめておけと言いかけ、蔵人介は喉元でことばを押しとどめる。

宗次郎が、あまりに悲しい顔をしてみせたからだ。

「じつは昨日、夕霧を身請けした隠居を訪ねたところ、玄関先で塩を撒《ま》かれました」

夕霧は捨てられたのではなく、みずからの意志で家を出た。行く先など知らぬと、けんもほろろに告げられたらしい。

「それがしは、どうしても夕霧に会いたいのでござります。会って不幸にしているのならば、助けになってやりたい。こんな自分でよければ、もう一度やりなおさぬかと告げてやりたいのでござります」

なかば芝居がかってみえたが、おなごたちは懸命に訴える宗次郎のすがたにほだされてしまう。

志乃は言った。

「蔵人介どの、矢背家の当主ならば、放ってはおけぬでしょう。宗次郎のために、ひと肌脱いでおあげなされ」

「えっ」

懇願されても、素直に応じることはできない。

何故、矢背家の当主ともあろう者が居候の別れた敵娼《あいかた》を捜さねばならぬのか、いくらことばを尽くして説かれても納得できそうになかった。

二

神無月《かんなづき》、立冬《りっとう》。

初亥《はつのい》には、亥猪《いのい》の祝儀がおこなわれる。

武家も町家も万病を防ぐべく夜の亥ノ刻になると餅を食べ、火の祟《たた》りを避けるために炬燵《こたつ》を設《しつら》える。餅は大豆、小豆、大角豆《ささげ》、胡麻、栗、柿、糖《あめ》と七種の粉を用い、武家では紅白の餅を家臣に配るのを常とした。

千代田城においては、諸大名は暮れ六つまえに拝賀の登城をおこなう。門番の覚書に「御亥猪、大下馬篝火」とあるように、大手御門と内桜田御門には篝火が焚《た》かれ、城郭はいつもとちがう怪しげな顔をみせた。

城郭と言えば、男たちを極楽浄土へ導く吉原遊廓の大門《おおもん》にも、この日は篝火が焚かれている。

蔵人介は従者の串部六郎太をしたがえ、鉛と化した重い足を引きずった。

遊客で賑わう仲の町《なかのちょう》では牡丹餅《ぼたもち》が配られ、金のない浅黄裏《あさぎうら》の勤番 侍《きんばんざむらい》たちは餅を頬張りながら紅殻格子《ベンガラごうし》の内を素見《すけん》する。一方、格子の向こうにいる遊女たちは、立兵庫《たてひょうご》の髪を鼈甲《べっこう》の櫛笄《くしこうがい》で飾りたて、囲炉裏に櫓《やぐら》を据えて蒲団を掛けた炬燵にあたりながら朱羅宇《しゅラウ》の煙管《キセル》をふかしている。

煙草と白粉《おしろい》と香の匂いが混じりあい、煌びやかな光の渦に吞みこまれてしまいかねない。

宗次郎はさっそく、とんでもない厄介事を起こしてくれた。

「遅かれ早かれこうなることはわかっておりましたが、それにしても吉原で大名相手に揉め事を起こすとは、さすが、宗次郎さまにござります」

串部は楽しそうに言ってのけるが、簡単に収まるようなはなしではない。

「何せ、お相手は矢田《やた》藩松平《まつだいら》家のお殿さま。上野国《こうずけ》にある家禄一万石の小藩とは申せ、ご当主は関白鷹司《かんぱくたかつかさ》家のお血筋ゆえ、幕府からは御三家並みに遇《ぐう》されてござる。貧乏なくせに気位《きぐらい》の高い大名ほど手に負えぬものはない。ふふ、敢えて面倒臭い相手と事を構えるところなぞ、いかにも宗次郎さまらしゅうござります」

おもしろがる串部の皮肉を聞きながし、蔵人介は南北百三十五間におよぶ大路のまんなかをずんずん進む。

「たまご、たまご」

茹《ゆ》で卵売りもおれば、鮨《すし》売りもおり、柚子風味の掬《すく》い豆腐を売る豆腐屋まで通りを流している。

引手《ひきて》茶屋の縁台に座る遊女の流し目にも、蔵人介は惑わされない。

右手は江戸町《えどちょう》一丁目、左手は同二丁目、そのさきの角町《すみちょう》、京町《きょうまち》一、二丁目とつづく五丁町《ごちょうまち》を眺めれば、茶屋の軒先にずらりと花色暖簾と提灯が連なり、張見世《はりみせ》の仕切りとなる籬《まがき》は艶《あで》やかな紅殻格子に彩られている。

ふたりが足を向けたのは四つ辻の左手、京町二丁目の角を曲がったさきにある『吉文字屋《きちもんじや》』という大見世だった。

紅殻格子を脇に眺めつつ、入口の妓夫《ぎゆう》に案内を請う。

はなしは通じており、しばらくすると、内へ通された。

暖簾を振りわけると、八間《はちけん》の吊るされた大広間が目に飛びこんでくる。

昼のような明るさと賑やかな嬌声だけは、何度足を運んでも馴染むことができない。

土間には米俵が積みあげられ、酒樽や大竈《おおかまど》が所狭しと並んでいる。大広間は屏《びよう》風《ぶ》でこまかく仕切られ、新造《しんぞう》たちが廻し部屋として使っていた。華やかな仕掛けの新造や茶をはこぶ禿《かむろ》、三味線を担いだ箱《はこ》屋や仕出しを運ぶ喜《き》の字《じ》屋までみえる。いつもと変わらぬ遊女屋の景色だ。

左手の隅に控えた内証《ないしょう》から、遊女の襦袢《じゅばん》を肩に引っかけた楼主が強面の顔を差しだした。

「ご後見人の方であられやすな。手前は忘八《ぼうはち》の段六《だんろく》と申しやす」

「矢背蔵人介だ。宗次郎はどうしておる」

「縛りつけて面番所にでも引きわたせりゃ、これほど簡単なはなしもねえんだがね。へへ、蒲団部屋で鼾《いびき》を掻いておられやすよ」

「されば、案内してもらおうか」

「おっと、そのめえに事の顚末をおはなしせにゃなりやせん。どうぞ、こちらへ」

串部ともども、狭い内証へ導かれる。

床には金精進《こんしょうじん》を祀る縁起棚や帳場簞笥があり、壁には客取表や大福帳がぶらさがっていた。

「ちっ」

と、舌打ちしながら居なくなるのは、撫牛《なでうし》並みに肥えた女将だ。

「花車《かしゃ》ですよ。あれでも、むかしは御職《おしょく》を張った花魁でやしたがね、食って寝てばかりいると、人ってのはああなっちまう。牡丹餅なら、十や二十は楽に平らげやすよ。そんでも別れられねえのは、世間体というやつでね。このたびの揉め事も、外聞《げぶん》はよろしくねえ。吉文字屋にとったら大損でね。ええ、事によったら、見世の存亡に関わる一大事になるかも」

楼主の段六は大風呂敷を広げてみせ、見世がどれだけ迷惑をこうむっているのかを強調する。何を欲しているのかは明白だ。廓の楼主が欲しいものと言えば、山吹《やまぶき》色の小判しかない。

されど、迷惑料を払えと言われても、一介の御膳奉行に用意できる金などなかった。

無い袖は振れぬこちらの事情をわかっているはずなのに、楼主はねちねちと喋りつづける。

「宗次郎さまがお大名の向こうを張って、吉文字屋の御職を争ったんでやすよ。ええ、御職は狭霧《さぎり》と申しましてね、今や、吉原でも一、二を争う花魁でござんす。ここまで育てるのに、いくら使ったかもおぼえちゃおりやせん」

育ったのは置屋のはずなので、廓の楼主に恩着せがましく言われる筋合いはない。

「ともかく、蝶よ花よと育てた花魁が、やんごとなきお殿さまのおめがねにかない、あと少しで身請け話になろうってときに、ふらりと色男がやってきたのでごぜえやす」

「宗次郎のことか」

「ほかに誰がおりやすかい。何でも京帰りとかで、それこそ、鷹司家のお血を引かれるお殿さまより、何やら風雅な佇まいをしておられる」

見かけ倒しだと言いかけ、蔵人介は口を噤む。

「されど、狭霧は騙された。見かけ倒しの色男を一目《いちもく》しただけで、心を盗まれちめえやがった。おかげで、足繁くお通いいただいた松平弾正大弼《だんじょうだいひつ》さまを、袖にしたのでござえやす」

「弾正大弼さまは、どうされたのだ」

「面目を失ったと、それはそれはお怒りになり、二度と来るものかと捨て台詞を残されたあげく、大門の向こうへ消えておしまいに。それがつい、昨晩のことでね」

廓から使いが来たのは今朝のはなしだが、蔵人介は宿直《とのい》だったので留守にしていた。夕刻になって帰路についたとき、串部から事の次第を聞き、とりあえずは柳橋から猪牙を仕立てて大川を遡ってきたのだ。

「松平さまに仕えるご従者のなかには、宗次郎さまに面と向かって表に出ろと威勢の良い台詞を吐かれた御仁もおりやしたものの、さすがにお大名のご家来衆が吉原で刃傷沙汰を起こしたとあっては、ご公儀からどのようなお咎めがあるやも知れぬ。渋々ながらも矛《ほこ》を納め、引きさがっていかれやしたよ。四郎兵衛《しろべえ》会所の連中によりや、ご家来衆はしばらく大門の外で待ちぶせしておられたようでね。手前はこうみえても血をみるのが嫌いな性分ゆえ、宗次郎さまをお引きとめ申しあげやした。これも忘八の情けとおもっていただきたく存じやす」

蔵人介は憮然《ぶぜん》として聞いていたが、串部のほうが痺れを切らした。

「長ったらしいはなしは、そのくらいにしておけ。早う、蒲団部屋に案内しろ」

串部が鬼のような形相で睨みつけると、段六はあからさまに敵意をみせる。

それでも冷静さを装い、蔵人介のほうに顔を近づけてきた。

「お聞きしやしたぞ。宗次郎さまは何でも、公方さまの御落胤であられるとか。それがまことなら、一万石のお大名なぞ恐れるに足らず。忘八の手前みずから、袖にして進ぜやしょう。さあ、お教えくだせえやし。宗次郎さまは、まことに御落胤なので」

臭い息を吐きかけられても、蔵人介は動じない。

「あやつは望月宗次郎、わが矢背家の居候にすぎぬ。無論、廓遊びに興じるような身分ではない。ご楼主には迷惑を掛けた。このとおり、陳謝いたす。ともあれ、本人を貰いうけたい」

「おっと、そうはいかねえ。こいつは謝って済むはなしじゃねえんだ。迷惑料が払えねえってなら、やつの鼻を貰うぜ。この匕首で自慢の鷲鼻を削《そ》がせてもらうかんな」

段六は本性をみせ、懐中に呑んだ匕首を抜こうとする。

すかさず、蔵人介はその手首を握って捻りあげた。

「……い、痛っ……は、放しやがれ」

放してやると段六は尻餅をつき、勢い余って壁に後ろ頭を叩きつける。

すかさず、串部が四角い顔をぬっと寄せた。

「わが殿は幕臣きっての遣い手じゃ。死にたくなったら、いつでも呼ぶがいい。知らぬうちに首と胴が離れておろうからな」

鬼瓦のような顔で脅され、段六は身震いする。

余計な喋りを止め、みずから勝手口に近い蒲団部屋へ導いていった。

饐《す》えた臭いに顔をしかめながら覗いてみると、宗次郎は着物のはだけた恰好で寝《ね》惚《ぼ》けている。

――万が一のときは身の立つようにしてやってほしい。

突如、蔵人介の耳に、亡き望月左門の台詞が蘇った。

大股で身を寄せ、平手打ちを喰らわす。

「情けないやつめ」

――ぱしっ、ぱしっ。

覚醒した色男は鼻血を垂らし、目を白黒させた。

ぺこりと頭を下げられ、蔵人介は剃刀《かみそり》のような目で睨む。

何も言わず、宗次郎の襟首を摑んで乱暴に引きおこした。

「……あっ、どうも」

三

七日後、小春日和《こはるびより》。

江戸は紅葉の見頃となり、矢背家は一家で浅草の外れにある正燈寺《しょうとうじ》へ出掛けた。

正燈寺は「もみじ寺」の異名で呼ばれる紅葉の名所、近くの鷲《おおとり》明神に酉《とり》の市《いち》が立つ来月中旬あたりまで遊山《ゆさん》客で賑わう。

かたわらに隣接するのは、投込寺《なげこみでら》として知られる大音寺《だいおんじ》だ。少し歩けば、同じ投込寺の浄閑寺《じょうかんじ》もある。東に広がる田圃の遥か向こうには、吉原遊廓の大屋根と天水桶《てんすいおけ》がいくつもみえた。

宗次郎は志乃に命じられて随伴したが、さすがに廓での一件を気にしてか、借りてきた猫のようにおとなしい。

蔵人介は、串部に聞いた夕霧の逸話をおもいだしていた。

身請けを翌朝に控えた真夜中のこと、宗次郎は密かに妓楼へ忍びこみ、夕霧のもとへ夜這いを掛けた。そして翌朝、いつもは自分が見送られる大門まで、愛しい敵娼を見送ったのだという。

夕霧を身請けしたのは、灘屋文右衛門《なだやぶんえもん》なる薬種問屋の隠居だった。通称は灘文《なだぶん》、隠居してからも蓄財をもとに為替両替《かわせ》をはじめ、とんでもない利益をあげており、吉原では最上の客で通っている。夕霧の樽代は一千両とも噂されたが、灘文にとっては端金《はしたがね》のようなものらしかった。

ともあれ、遊女たちの誰もが羨む身請け話を断る理由はない。だが、夕霧は宗次郎といっしょになりたいと本心ではおもっていた。だからであろう。大門まで見送った宗次郎に向かって「意気地なし」と、手痛い台詞を浴びせた。それが廓で評判になり、男をさげた宗次郎は吉原に寄りつきもしなくなった。

蔵人介にもおぼえがある。たしかに、夕霧が身請けされてから、宗次郎は魂を抜かれたようになった。終日《ひねもす》縁側でぼうっとしているかとおもえば、宮地《みやち》芝居で緞《どん》帳《ちょう》役者のまねごとをしてみたり、大道芸の居合抜きで小銭を稼ぐかとおもえば、場末の矢場《やば》で用心棒をやったりもした。

何をやってもつづかず、矢背家のお荷物になりはてても、志乃や幸恵は粘り強く面倒をみつづけた。

いつかはまっとうになってくれるだろうと、少しは期待していたにちがいない。

宗次郎がまっとうになることなど、あり得なかった。

ただし、狭霧という『吉文字屋』の花魁をめぐる鞘当《さやあ》ては、じつは鞘当てではなく、宗次郎のわかりにくい行動に端を発した誤解だったらしい。

それを教えてくれたのは、粂三《くめぞう》という老いた幇間だった。

夕霧が花魁のころから座敷に呼ばれており、宗次郎とも親しい。

蔵人介が『吉文字屋』から外へ出たところで、粂三がつっと身を寄せてきたのだ。

「宗次郎さまは、夕霧太夫を捜しておいでなのです。狭霧は太夫が吉原で御職を張っていたころ、新造として仕えておりました。一番可愛がってもらった娘なものですから、きっと太夫の行く先を存じているのではないか。身請けされたあとも、文のやりとりなどをしていたようですから、そのあたりの事情も聞きたいがために、宗次郎さまは『吉文字屋』さんへあがったのでござります」

客として見世にあがらねば、花魁には近づけぬ。

そこで、宗次郎は一計を案じた。幇間の粂三を呼びよせ、自分が上客であることを楼主の段六に告げさせたのだ。

狭霧も無論、宗次郎のことは知っていた。夕霧との関わりもよくおぼえていたので、つい、遅くまではなしこみ、ひと夜の約束をしていた松平家の殿さまを袖にするかたちになった。当の宗次郎は深酒をして泥酔し、狭霧を夕霧と取りちがえて抱きついたり、おんおん泣きわめいたりしたらしい。

松平家の主従が面目を潰されたことも、楼主の段六が鞘当てと勘違いしたことも、狭霧の弁明によって水に流されたと聞いている。

それほどの騒ぎを起こしておきながら、夕霧の行き先は狭霧も知らなかった。

志乃に「ひと肌脱いであげなされ」と言われたが、いまだ、端緒《たんしょ》すらみつからない。

ほっと溜息を吐き、蔵人介は我に返った。

境内のまんなかに、華やかな一団が集まっている。

「ありゃ花魁ではないか」

遊山客のひとりが叫ぶと、周囲のみなが驚いた。

身請けされたときと病を患ったときを除けば、吉原の花魁が大門の外へ出ることは御法度とされているからだ。

「『吉文字屋』の狭霧じゃぞ」

江戸雀の声に、二度驚く。

宗次郎も目を皿のようにしていた。

狭霧らしき花魁の隣には、光沢のある絹の着物を纏ったお大尽《だいじん》がいる。

毛氈《もうせん》のうえに置かれた床几に座り、花魁の酌を受けて満足げに笑っていた。

こちらからは後ろ姿しかみえぬが、仰々《ぎょうぎょう》しい供揃えから推すと、狭霧を身請けしようとしている松平弾正大弼信敬《のぶよし》であろうことは容易に想像できる。

地獄耳の志乃も、遊山客のひそひそ話を聞きつけてきた。

「矢田藩のお殿さまと申せば、関白であらせられる鷹司家の血筋にあたるおひとではありませぬか。不作で領民たちが困窮しておるというに、領主は国元にも帰らず、ああして花魁を侍《はべ》らせておる。嘆かわしいことよの」

聞こえよがしに吐いた憎まれ口が風に乗って耳に届いたのか、供侍たちが目の色を変え、こちらへ駆けてくる。

「これ、そこのおなご」

居丈高《いたけだか》な若侍に呼ばれ、志乃はぷいと横を向いた。

面倒なことになるのではないかと、蔵人介は気が気でない。

幸恵は少し離れて下を向き、串部は期待に眸子を輝かせ、宗次郎は困ったような顔をする。

「呼んだのが聞こえぬのか。薹《とう》の立ったおなご、おぬしのことじゃ」

若侍は後ろに二、三人引きつれ、よせばいいのに大股で近づいてくる。

振りむいた志乃の顔からは、表情が抜けおちていた。

こうなったときが一番怖い。

「薹の立ったおなごとは、いったい誰のことかえ」

「おぬしじゃ。わが殿に向かって、無礼な口を叩いたであろう」

「はて、どうであったか」

「惚《とぼ》けるでない。この耄碌婆《もうろくばばあ》め」

「ほほう、年寄りを愚弄《ぐろう》するのが、それほどおもしろいか。やはり、評判どおりの連中じゃ。気位の高い貧乏大名の家来は、これじゃから困る」

「何を」

若侍は刀の柄に手を掛けた。

と同時に、志乃が一喝する。

「抜いてみせよ。恥を掻くのは、うぬらぞ」

後ろに控える蔵人介にしてみれば、相手を煽《あお》っているようにしかみえない。

案の定、若侍は刀を抜いた。

つられて、後ろの連中も一斉に抜刀する。

だが、半丁《ちょう》ほど離れたところにいる殿様と狭霧は気づかない。

残りの供侍たちも気づかず、呑気《のんき》に盃を呷《あお》っている。

骨抜きにされた殿さまのだらしない顔が浮かび、蔵人介はげんなりした。

「大奥さま、助っ人いたしましょうか」

串部が余計なことを口走り、ぴしゃりとたしなめられる。

「手出しは無用じゃ」

言いはなつや、志乃は胸元から白檀《びゃくだん》の香りがする扇子を抜いた。

閉じたまま、その先端を相手の鼻先に向ける。

「うっ」

若侍は上段に構えたまま、金縛りにあったように動けない。

「ほれ、どうした。懸かってこぬか、腰抜けめ。懸かってこぬなら、こちらからまいるぞ。でえい……っ」

凄まじい掛け声とともに、志乃は扇子の先端で突いてでる。

若侍は気勢に圧《お》され、腰砕けになった。

ようやく、異変に気づいたのであろう。
殿さまが立ちあがり、中腰でこちらをみつめている。
年嵩《としかさ》の供侍が股立ちを取り、慌てふためいた様子で駆けてきた。
「たわけ。そこで何をしておる」
叱責《しっせき》された若侍たちは我に返り、急いで刀を鞘に納めた。
年嵩の供侍はこちらを顧みることもなく、項垂《うなだ》れた連中を追いたてる。
「お忍びぞ。自重《じちょう》いたせ」
供侍たちは、殿さまのもとへ戻っていった。
志乃が扇子を下げたので、蔵人介はほっとする。
串部は何やら残念そうだ。
宗次郎はとみれば、毛氈のほうをじっと睨みつけている。
大きな瞳に映っているのは、殿さまでも狭霧でもない。
河豚《ふぐ》のように肥えた白髪の商人だ。
「ありゃ灘文じゃねえか」
と、野次馬のひとりが囁く。
花魁を大門の外へ誘いだすことができたのは、どうやら、松平家や鷹司家の威光ではないらしい。

「灘文が大枚を叩《はた》いたのさ」

江戸雀たちの囀《さえず》りが、蔵人介の心にさざ波を立てる。

蔵人介以上に、宗次郎は動揺しているようだった。

殿様に侍る灘文こそ、夕霧を身請けした張本人にほかならない。

悋気《りんき》の強い性分で、自分のおもいどおりにならぬ相手には牙を剝く。

調べてみると、夕霧が行方知れずになったのは、灘文の暴力が原因らしかった。

年寄りにしては力が強く、毎夜のように泥酔しては、暴力をくわえていたともいう。隣近所の評判だけに証明はできぬものの、少なくとも、夕霧が幸福に暮らしていた痕跡はみつけられなかった。

志乃と幸恵は何事もなかったかのように、紅葉を愛でに離れていく。

一方、宗次郎は意を決し、毛氈のほうへ踏みだした。

その肩をむんずと摑み、蔵人介は首を横に振る。

「これ以上、騒ぎを大きくするでない」

静かに言ってきかせると、優男は口惜しげに唇もとを嚙んだ。

## 四

狭霧が死んだ。

正午前、凶報を告げにきたのは、幇間の粂三だった。

頭の禿《は》げた小柄な幇間は這々の体で宗次郎のもとにあらわれ、狭霧が何者かに毒を盛られたと、興奮の冷めやらぬ様子で訴えた。

楼主の段六は宗次郎が怪しいと踏んでおり、濡れ衣を着せられる恐れがあるので先回りして伝えにきたという。

「忘八の言い分を聞いて、四郎兵衛会所の連中が乗りこんでくるやもしれません」

宗次郎は狭霧の死が信じられず、粂三の心配をよそに、今からほとけを拝みにいくと言いはった。

これを、志乃が押しとどめた。

いつになく厳しい態度でたしなめ、蔵人介にすべて任せろと説いた。

さすがの宗次郎も抗うことができず、離室《はなれ》に閉じこもってしまった。

こうして、蔵人介はみずからの意志と関わりなく、花魁殺しの探索をせねばならなくなった。

「とりあえず、吉原へ足労《そくろう》せねばなりませぬな」

串部は小鼻をひろげ、浮き浮きした顔で近づいてくる。

蔵人介は溜息を吐くしかない。条三を水先案内に立てて、吉原へ向かった。

柳橋から勘当舟《かんどうぶね》とも呼ぶ猪牙を仕立て、冷たい風の吹きわたる大川を遡り、山谷《さんや》堀の入口に架かる今戸《いまど》橋の手前で陸へあがる。

案内されたのは大門の内ではなく、孕《はら》んだり病んだ遊女を静養させる寮だった。

ほとけになった狭霧は、桟橋からもみえる寮の片隅に安置されているらしい。

「半日だけ安置され、夕刻には三ノ輪《みわ》の浄閑寺へ運ばれてまいります」

と、条三が皺顔をしかめた。

五丁町の大見世で稼ぎ頭だったはずの娘でさえ、身寄りのない遊女の骨を納める投込寺に葬られる。

「哀れだな」

串部の顔から笑みが消えた。

三人はしんみりした面持ちで、薄暗く簡素な佇まいの寮へ踏みこむ。

あらかじめ条三に言われていたのか、お歯黒の老女が待っていた。

「おしまと申します。長いあいだ、大見世の遣り手《やて》をやっていた生き字引のような婆さんです」

そう言う粂三も、吉原では生き字引のようなものだ。

おしまに導かれた座敷には香が炷《た》かれ、白い蒲団のうえに変わりはてたすがたの狭霧が横たわっていた。

薄化粧を施された娘の顔は美しく、幼い面影を宿している。

「まるで、生きているようでござりましょう。この娘はまだ、十六なんですよ」

おしまは慈しむように、死者の頰を撫でた。

蔵人介は手を合わせて瞑目《めいもく》し、そっと目を開ける。

枕元に、紙切れのようなものが置いてあった。

「おしまどの、それは何であろうな」

「古筆切《こひつぎれ》にござりましょう」

「古筆切とな」

たとえば、菅原道真《すがわらのみちざね》や弘法《こうぼう》大師などの書いた名筆を鑑賞するために、平安期の公卿たちは冊子や巻物を繙《ひもと》いた。ところが、桃山《ももやま》期以降に茶の湯が流行すると、武家や町家でも古筆鑑賞が熱を帯びはじめ、経巻や歌書などの巻子本《かんすぼん》や冊子装から文字の書かれた部分を切りとって蒐集することが流行した。切りとった断簡を「古筆切」と呼ぶのだ。

「狭霧が握っておりました。書の見本になる古い和歌のようにござりますが、どなたの筆跡かは存じあげませぬ」

「ちと、みせてもらえぬか」

「はい、どうぞ」

渡された紙切れに記された和歌を、口に出して読んでみる。

「来ぬ人をまつほの浦の夕凪に焼くや藻塩《もしお》の身もこがれつつ。これはよく知られた藤原定家《ふじわらのていか》の和歌だな」

定家がみずから撰《せん》じた小倉百人一首におさめられている。

歌枕の松帆の浦は淡路《あわじ》島の北端にあり、いつまでもあらわれないおもいびとを待つ女性の身をじりじりと燃やして塩にする藻塩に喩《たと》えた歌だ。

小倉百人一首は絵入りの歌がるたとして広く庶民にも流布《るふ》しているので、格別に和歌を学んでいない者でも口ずさむことはできる。

紙切れの和歌は流麗な筆跡ではあるものの、墨の濃さからすると古筆切ではなく、新しく模写したものにまちがいない。

「藤原定家にござりますか」

と、おしまは声を震わせた。

あきらかに、何かを隠している。

蔵人介が口を開くまえに、条三が口添えしてくれた。

「おしまさん、こちらのお殿さまは、宗次郎さまのご後見人だよ。信用できるお方だから、何でも包み隠さずはなしたほうがいい」

おしまは背中を押され、うつむいたまま語りはじめる。

「狭霧は幼いころから書が好きで、その達筆ぶりは花魁のなかでも、一、二を争うほどでございました。それゆえ、ご楼主たちは挙《こぞ》って襖《ふすま》や屛風などの揮毫《きごう》をお願いし、狭霧も喜んで引きうけていたのでございます」

ところがあるとき、唐草屋藤八《からくさやとうはち》なる道具屋が評判を聞きつけ、骨董の壺や茶碗を携えて『吉文字屋』を訪ねてきた。そして、本物の作者に似せた箱書きを書くよう、狭霧に強要したのだという。

「つまり、贋作《がんさく》を本物にみせかけて売るために、書の上手い狭霧を使って細工をほどこそうとしたわけだな」

「もちろん、ご楼主了解のうえでのことなので、狭霧はいけないことと知りながら、断ることができませんでした。もしかすると、この古筆切もそれと関わりがあるのかもしれませぬ」

蔵人介の目がきらりと光る。

狭霧の死と関わりがあると、直感が閃いたのだ。

幸運にも、唐草屋なる道具屋は遠いところではなく、大門手前の五十間道《ごじっけんみち》に見世を構えているという。

蔵人介は後ろの串部にうなずき、先に向かっているようにと促した。

串部が去ったのも気づかず、おしまはうつむいて涙を零《こぼ》す。

「この娘は越後《えちご》の在《ざい》に生まれ、口減らしで女衒《ぜげん》に売られました。饑えに耐えきれなかった親を恨んだことは一度もなかったそうです。身は売っても心は御仏《みほとけ》に捧げているのだと、いつも笑っておりました。宗次郎さまと相思相愛だった夕霧も同郷でしてね、狭霧に遊女の意気地と張りを教えたのは夕霧でした。ふたりはこの廓で姉妹も同然に育ったんです。せめて、茶毘《だび》に付されるまえに会わせてやりたかった……う、うう」

生き字引のおしまや条三でさえ、夕霧の逃れたさきは見当もつかぬらしい。

蔵人介はさめざめと泣くおしまの背中に礼を言い、条三をともなって寮の外へ出た。

考え事をしながら日本堤《にほんづつみ》を進み、見返り柳のさきから衣紋《えもん》坂を下る。三曲《みま》がりの緩やかな坂を下りていくと、串部が道具屋の店先で大きな壺を割ろうとしているところだった。

「おやめくだされ、それは唐渡《からわた》りの値打ちものにございます」

泣き顔で袖に縋りついている貧相な男が、狭霧に箱書きを強要した唐草屋藤八なる者であろう。

串部はさらに壺を高く持ちあげ、通行人にも聞こえるほどの大声で怒鳴った。

「されば申せ。毒を盛られた花魁は、何故、古筆切を握っておったのだ」

「存じません。ほんとうなのでございます。されど、古筆切を持ちよって鑑賞する連《れん》があるとの噂は耳に挟んだことがございます」

「古筆切を鑑賞する連だと」

「はい。古筆切を貼って折帖《おりちょう》にした手鑑《てかがみ》を高値で売買しているとも聞きました」

蔵人介は以前、上役の橘右近から、橘家伝来の手鑑なるものをみせられたことがあった。

古筆切は保存に不便なため、厚手の紙でできた折帖に古筆の断簡を貼りこむ手鑑がつくられるようになった。手鑑ならば、古筆を手軽に鑑賞できるうえに、古筆鑑定の手引書ともなる。手鑑は武家や公家の大切な嫁入り道具ともなり、書かれた筆跡が本物であれば、金に糸目をつけずに買いもとめる蒐集家もいるらしかった。

「連の肝煎《きもい》りは誰じゃ」

串部の問いかけにたいし、道具屋は意外な人物の名を吐いた。

「灘文こと、灘屋文右衛門さまにござります。ご隠居の身でありながら、大名貸しまでやる大金持ちにござります」

串部は壺を両手で持ちあげたまま、少し離れて佇む蔵人介のほうをみた。

うなずいてやると、左右の掌をぱっとひらく。

「ひぇっ」

地に落ちた壺は粉々に砕け、道具屋の悲鳴を掻き消した。

蔵人介と串部は肩を並べ、素知らぬ顔で大門へ向かう。

門に向かって右手の四郎兵衛会所から、強面の若い衆たちが弾かれたように飛びだしてきた。

そのなかには、吉文字屋楼主の段六も混じっている。

「毒味役め、来やがったな。こっちから訪ねる手間が省けたぜ」

段六が門の向こうで叫んだ。

「宗次郎ってのは、とんでもねえやつだ。勝手に横恋慕しときながら、狭霧の気持ちが殿さまのほうに戻った途端、悋気を抱きやがった」

蔵人介は構わずに近づき、大門の手前で足を止める。

「悋気のせいで毒を盛ったと、おぬしはそう言いたいのか」

問いかけてやると、段六は舌なめずりしてみせた。

「おうよ。あの優男がでえじな花魁をほとけにしちまったのさ。宗次郎をこっちに寄こさねえなら、後見人のおめえさんも同罪だぜ」

「同罪なら、どうする」

「狭霧と同じ目に遭わせるしかあんめえ」

段六が見得を切ると、ここぞとばかりにまわりの若い衆が段平《だんびら》を抜きはなった。

「待たねえか」

と、そこへ、大門左手の面番所から、黒羽織の同心がのっそりすがたをみせる。

「段平を納めな。おめえらのかなう相手じゃねえ」

同心は目の細い平目顔の三十男で、物腰からして剣術はできそうだ。

「おれは隠密廻りの鮫島兵庫《さめじまひょうご》、本丸の鬼役をつとめるあんたのことは知らねえわけでもねえ」

鮫島は薄笑いを浮かべ、大門から出てくる。

「誰が花魁に毒を盛ろうと、おれら役人の知ったこっちゃねえがな、大門のそばでの揉め事を見過ごすわけにゃいかねえ。あんた、今日のところは帰《け》えったほうが身のためだぜ」

細い目が、きらりと光る。

踏みだそうとする串部の肩を摑み、蔵人介はぐいっと引きよせた。

「ご忠告、ありがたくお受けしよう。会所の連中は誤解しておるようだが、何を言うても聞く耳は持つまい」

「案ずるにはおよばねえ。おれのほうから、ようく言い聞かせておくさ。侍を舐めるんじゃねえとな」

「お願いする。されば」

踵を返すと、段六たちの歯軋《はぎし》りが聞こえてきた。

それでも、懸かってこないところから推すと、鮫島という男、楼主や四郎兵衛会所の連中からも一目置かれているらしい。

「けっ、これがほんとうの門前払いか」

串部が情けない顔でこぼしてみせた。

五

二日後、新たなことが判明した。

狭霧の亡くなった当夜、吉文字屋では刃傷沙汰があった。

条三が顔見知りの遣り手から上手に聞きだしてくれたのだ。

「金のない客同士の揉め事だったそうです」

と、条三は不審げな顔で告げた。

客のひとりが隠しもっていた匕首をちらつかせたので、面番所から隠密廻りの鮫島兵庫が押っ取り刀で駆けつけ、事なきを得たという。まるで、楼主の段六としめしあわせていたかのように鮫島はあらわれ、騒ぎが鎮まったあとも、しばらくは見世に留まっていたらしい。

「妙なのは、刃物をちらつかせた客が何のお咎めも受けなかったことで」

条三も勘ぐるとおり、鮫島と段六が仕組んだ猿芝居のような気もしてくる。

何のために芝居を打ったのかが大事なところだ。

遣り手の証言によれば、刃傷沙汰と相前後するように、道具屋の唐草屋藤八が勝手口からあらわれたという。箱書きを頼みに訪れたのだが、当の狭霧は風邪をひいて床に臥《ふ》していたので会えなかった。その晩、狭霧は体調不良を理由に客をひとりもとっていない。

肝心の毒については、粉薬を服用したときの水にふくまれていたことがわかった。何故わかったのかと言えば、同じ茶碗の水を舐めた猫がころりと死んだからだ。狭霧も水をひと口呑んで茶碗を置いた直後、激しい痙攣《けいれん》を起こして亡くなった。検屍《けんし》の医者は毒の正体が山鳥兜《とりかぶと》の根を風乾《ふうかん》した烏頭《うず》ではないかと言った。

いったい誰が、何のために狭霧を殺《あや》めたのか。

事情通の粂三も「見当がつかない」と言った。

狭霧が死の際まで握っていた「古筆切」に関わりがあるのかどうかも、今の時点では判然としなかった。

ただ、紙に書かれていたのが「来ぬ人を まつほの浦の夕凪に 焼くや藻塩の 身もこがれつつ」という藤原定家の和歌であったことについては、寮のおしまが気になる台詞を漏らしたらしい。

「来ぬ人ってのは宗次郎さまなんじゃないかと、おしまはひとりごちいたしました。

言われてみれば、そんな気もいたします」

条三は蔵人介にだけそっと囁いたが、真実とすれば罪なはなしだ。

狭霧は新造として夕霧に仕えていたころから、宗次郎に淡い恋情を抱いていた。

夕霧が身請けされ、もしかしたら、自分のほうを振りむいてくれるかもしれないと期待を持ったのかもしれない。ところが、久方ぶりにすがたをみせた宗次郎の心は、あいかわらず、夕霧のほうに向いていた。わかってはいても、どうしようもなく辛い。焦がれる恋情は募るばかりで、みずからの偽らざる心情を定家の和歌に託そうとしたのだ。

おしまや条三がそうおもうのならば、おそらく、的を外してはおるまい。

狭霧の気持ちを知れば、宗次郎はいっそう深刻な悩みを抱えるであろう。

蔵人介は黙っておいた。

一方、凶事の鍵を握るのは、夕霧を身請けした灘文こと灘屋文右衛門である。

何故、灘文は矢田藩の殿さまといっしょに紅葉狩りをしていたのか。

それについては、串部がおもしろいことを調べてきた。

「矢田藩のお殿さまも、灘文が肝煎りをつとめる連のお仲間だそうです」

折からの不作つづきで矢田藩の台所は火の車、鴻池《こうのいけ》などの大商人でさえ藩への貸しつけを渋っている。逼迫した事情であるにもかかわらず、気位の高い殿さまは田舎暮らしが嫌いらしく、江戸藩邸に留まったまま優雅な暮らしをつづけていた。ことに和歌や古筆への造詣《ぞうけい》は深く、古筆切については数多くの名品も蒐集しており、それが連の仲間になるきっかけとなった。

「藩は灘文から大金を借りております。何でも、灘文のほうから大名貸しの申し出があったのだとか。よりによって貸しだすさきを矢田藩にするとは、物好きな男でござる。拙者には、沈没しかけた船に荷を預けるようなものとしか映りませぬがな」

灘文も商人だけに、よほどの見返りを期待してのことだろう。

ただし、見返りが何かはわからない。

「じつは、お殿さまに廓遊びを教えたのは、灘文なのだそうです。遊び金もすべて灘文の持ちだしで、狭霧を引きあわせたのも、身請けの樽代を払うことになっていたのも、すべて灘文だったと聞きました」

「そこまで殿様に入れこんでいるとはな」

「妙でござりましょう」

灘文は毎夜のように廓へあらわれ、頻繁に狭霧のもとを訪ねていた。

そのことが夕霧と不和になった理由のひとつかもしれぬと、串部は余計な憶測まで述べる。

大名との身請け話をすすめつつ、裏では狭霧にちょっかいを出していたのか。

いや、それでは辻褄《つじつま》が合わない。

褥《しとね》の敵娼としてではなく、ほかに訪ねる目途があったのだ。

狭霧のいない今となっては、灘文本人に聞かねば真実はわからない。

蔵人介は肥えた隠居のもとを訪ねるべく、ひとりで屋敷を抜けだした。

午《うま》ノ刻を過ぎたばかりだが、空はどんより曇っている。

灘文の隠居先は大川の川向こう、白髭《しらひげ》神社の裏手にあった。

浅草竹屋《たけや》の渡しから小舟を仕立て、灰色の川面を滑っていく。

花見のころは見物客で立錐の余地もない墨堤も、行き交う人はまばらだった。

白髭神社の裏は名松の地でもあり、松林を抜ければ一面の田圃《たんぼ》が広がっている。

灘文の屋敷は田圃のただなかにあって、鎮守《ちんじゅ》の杜《もり》のごとき佇まいをみせていた。

たどりついたころ、空はいっそう曇り、周囲は夜のような気配に包まれた。

宗次郎は夕霧の所在を聞くために訪れ、塩を撒かれたと言っていた。

その二の舞いだけは避けたいものだとおもいつつ、塩を撒かれた玄関先へ踏みこんでみる。

「どなたかな」

おもわぬほうから声が掛かった。

庭を囲む四つ目垣のうえから、河豚のように膨《ふく》らんだ顔が覗いている。

灘文本人であった。

みずから、庭の手入れをしているらしい。

「将軍家毒味役、矢背蔵人介と申す」

名乗りをあげるや、灘文は顔をしかめた。

こちらの素姓がわかったのだろう。

「前触れもなくお訪ねして申し訳ない。望月宗次郎の無礼を詫びねばならぬとおもうてな」

「済んだことにござります」

「されば、許してもらえると」

「許すも何も、こちらからお伺いせねばとおもうておりました」

灘文は予想もしなかった台詞を吐き、親しげに笑みまでこぼす。

「おかまいもできませぬが、よろしければこちらへどうぞ」

庭へ招かれ、蔵人介は簀戸《すど》を通りぬけた。

広い庭には立派な落葉松《からまつ》が植わっている。

灘文は下男らしき男に命じ、濡れ縁に茶席を整えさせた。

蔵人介は招かれるがまま、濡れ縁の端に座る。

しばらくして、熱い茶が運ばれてきた。

「御酒のほうがよろしゅうござりましたか」

「いいや、茶でけっこう」

おもいがけないもてなしぶりに、かえって疑いを抱いてしまう。

灘文はこちらの心情を察してか、自分からはなしをすすめた。

「庭木だけでなく、薬草も育てておりましてな」

蔵人介は鎌を持った下男が向かうさきに目を凝らす。

なるほど、覆いの掛かった畝《うね》のなかには、見掛けない草花が植わっていた。

そのなかのひとつに目を止める。

紫の花を咲かせた丈の低い草だ。

「もしや、あれは」

「山鳥兜でござる。根を乾かした烏頭は猛毒なれど、塩水や石灰で減毒した附子《ぶし》は八味地黄丸《はちみじおうがん》や甘草附子湯《かんぞうぶしとう》などに欠かせぬ薬剤となりまする」

「さすが、日本橋のまんまんなかで薬種問屋を営んでおっただけのことはあるな」

蔵人介は持ちあげつつも、狭霧の死因となった烏頭のことをおもった。

「ところで、さきほど宗次郎を訪ねたいと申しておったが、それは何故であろうか」

「よくぞお聞きくだされた。じつは、こちらへお越しいただいたあと、宗次郎さまの噂を小耳に挟みましてな。大きい声では申せませぬが、公方さまの御落胤であられるとか。それを聞いて、冷や汗を掻いた次第にござります」

蔵人介は身構えた。茶に誘われた理由がわかったからだ。

「矢背さま、古筆にご興味はおありでしょうか」

唐突に水を向けられ、蔵人介はうなずいてみせる。

「ある。されど、古筆切などをみせられても、真贋《しんがん》の区別がつかぬ」

「ふふ、なるほど、不慣れなお方には難しゅうござりましょうからな。じつは手前、連の肝煎りをつとめさせていただいております」

「古筆見《こひつみ》のか」

惚《とぼ》けたふりをして聞くと、灘文はにんまりする。

「連の名は『藻塩草《もしおぐさ》』と申しましてな」

「『藻塩草』か。そう言えば、藤原定家の和歌にもあったな」

「いかにも」

灘文は得意気に胸を張り、抑揚《よくよう》をつけて和歌を口ずさむ。

「来ぬ人をまつほの浦の夕凪に焼くや藻塩の身もこがれつつ。まさしく、連の名は小倉百人一首のなかで、定家がみずから詠んだ和歌に由来いたします。矢背さまは、『小倉色紙』をご存じであられましょうか」

「さあ、よくは知らぬ」

「天文《てんぶん》二十四年神無月の茶会で、堺《さかい》の豪商であり茶人でもあった武野紹鷗《たけのじょうおう》が定家直筆の『小倉色紙』の一枚を茶室の床掛けに用いてより、古筆は茶人たちから愛好されるようになりました。古筆蒐集の先駆けとなった逸話にござります。太閤秀吉《ひでよし》公は何と、色紙一枚に一千両の値をおつけになったとか。本物の色紙なれば、今はそれ以上の価値がござりましょう。じつは手前、定家直筆の色紙を五枚も所持しておりましてな」

「ほう」

「確かなことを申せば、今はまだお預かりしているだけなのでござりますが、いずれは手前のものになりましょう」

勘の良い蔵人介は、貸しつけの質草に預かったのだと察した。それも、ただの貸しつけではない。大名貸しである。相手は矢田藩だ。鷹司家の血筋にあたる当主ならば、定家直筆の色紙を所有していてもおかしくはない。

串部は矢田藩を「沈没しかけた船」に喩えたが、船には灘文にとって垂涎《すいぜん》のお宝が隠されていたのである。

だが、灘文のはなしはそれだけにとどまらない。

「連のお仲間には、お大名も、幕府のご重臣もおられます。大奥のお偉い方もおられましてな、じつは、大奥のさるお方から耳寄りなおはなしを。宗次郎さまに関わることにござりますよ」

「宗次郎に」

「はい。宗次郎さまが正真正銘の御落胤であるという証拠《あかし》に、公方さまからあるお宝を下賜《かし》されたのだそうでござります。じつは、それこそが小倉色紙にござりましてな。百首のなかでもっとも価値が高い、定家がみずから詠んだ和歌を直筆で記したものなのだそうで。しかも、地模様のある色紙と無地の色紙が二枚一組で揃っていると聞き、これは真実《まこと》にちがいないとおもった次第にござります」

灘文は喋りながら、涎《よだれ》を垂らさんばかりの顔をする。

初耳のはなしなので、蔵人介は応じようもない。

「酔狂な年寄りの手慰《てなぐさ》みとお考えくだされ。されど、藻塩の和歌が直筆で書かれた色紙なれば、千両箱を何個積んでも手に入れとうござります」

欲のかたまりと化した隠居に狂気じみた眼差しを向けられ、さすがの蔵人介も背筋に寒気をおぼえた。

古筆への執着が狭霧殺しとどう関わってくるのか、今はまだわからない。

面と向かって問うても、はぐらかされるだけのはなしだろう。

だが、庭に植えられた山鳥兜といい、藤原定家の和歌といい、灘文を疑うだけの材料は揃っていた。

六

翌晩、城内中奥《なかおく》。

宿直《とのい》の侍たちも寝静まったころ、御膳所そばの厠へ向かうと、公人朝夕人《くにんちょうじゃくにん》の土田伝右衛門《つちだでんえもん》があらわれた。

「橘さまがお呼びにござります」

面倒なことになる予感はあったが、蔵人介は表情も変えずに聞きかえす。

「ほう、何用であろうな」

「はて」

首をかしげつつも、伝右衛門は口端に笑みを泛えた。

公方の尿筒《しとづつ》持ちでありながら武芸百般《ひゃっぱん》に長じ、闇に紛れて橘の間諜をつとめている。

人を食ったような伝右衛門の態度は、いつも蔵人介をいらつかせた。

「焦《じ》らす気か。用件の中身はわかっておるのであろう」

「影武者どののご行状、とだけお伝えしておきましょう」

「くそっ、宗次郎のことか」

廊下の端に人の気配が立ち、若い小姓《こしょう》が眠い目を擦りながら用足しにあらわれた。

いつのまにか、伝右衛門は消えている。

蔵人介は小姓の小脇を通りぬけ、薄暗い廊下をたどった。

控えの間へは戻らず、見張りの小姓以外は行き来を禁じられている闇の奥へと踏みこむ。跫音を忍ばせて萩之御廊下を渡り、公方が朝餉をとる御小座敷《おこざしき》の脇を過ぎて左手に曲がると、大奥へ通じる上御錠口《かみのおじょうぐち》の手前で止まった。

左右の気配を窺い、目のまえの楓《かえで》之間へ忍びこむ。

漆黒《しっこく》の闇を手探りで進み、床の間のほうへ近づいた。

掛け軸の脇に隠された紐を探りあてて引くと、芝居仕掛けのがんどう返しさながら、正面の壁がひっくりかえる。

眼前にあらわれたのは「御用之間」と呼ぶ隠し座敷だ。

歴代の将軍たちが誰にも邪魔されずに籠もった部屋だが、先代の家斉と今将軍の家慶は一度も踏みこんだことがない。

幅木《はばき》の位置に小窓が穿《うが》たれ、壺庭がみえる。

咲いている黄色い花は、日陰でもよく育つ石蕗《つわ》の花だ。

先回訪れたのは彼岸のころで、曼珠沙華が紅蓮の花を咲かせていた。

御用簞笥に囲まれた狭い場所に、丸眼鏡を掛けた小柄な老臣が座っている。

「遅い。待ちくたびれたぞ」

嗄れた声で叱責するのは、近習を束ねる御小姓組番頭の橘右近であった。

旗本最高位の重臣にして、寛政《かんせい》の遺老と称された松平信明《のぶあきら》のころから今の役に留まっている。派閥の色に染まらず、御用商人から賄賂も受けとらぬ。反骨漢にして清廉の士と目され、公方からの信頼も厚い。「目安箱《めやすばこ》の管理人」とまで綽名され、中奥に据えられた重石《おもし》のような人物だが、蔵人介の目には融通の利かぬ頑固者にしか映らなかった。

「大広間にて催された八朔御礼の際、上様は御祝儀に集った諸侯が凍りつくようなことを仰せになった。武者隠におったおぬしも耳にしたであろう」

耳にした。公方家慶は「政之助は頼りない。跡目のことは白紙にせんと……」と漏らしたのだ。

「不用意すぎるご発言じゃ。天下を治める征夷大将軍ともあろうお方が、おおやけの席で跡目のことを口になさるとはな」

世嗣政之助は齢十六だが、幼いころから病がちで乳母にしか心を許さず、外見からして頼りない。その日も胃の腑の痛みを訴え、祝儀にすがたをみせなかった。そのことへの苦言ではあったが、発言を聞いた者はみな、公方は本音を漏らしたのだとおもった。

「あの日からじゃ。大奥で世嗣をめぐる争いが再燃しおったのは」

燻《くすぶ》っていた燠火《おきび》に油を注いだ恰好になったと、橘は苦々しげに吐きすてる。

大御所家斉が本丸にあったころ、大奥を牛耳っていたのは側室として寵愛《ちょうあい》を受けていたお美代《みよ》の方《かた》であった。ところが、代替わりとなり、家慶が本丸にはいると、大奥の上臈御年寄《おとしより》となった姉小路が大奥の実権を握るようになる。姉小路は京のやんごとなき公卿の生まれと触れまわり、そもそもは有栖川《ありすがわ》家から嫁いだ家慶の正室である喬子《たかこ》の侍女であったにもかかわらず、その美貌をもって家慶を籠絡《ろうらく》したとも噂されていた。

ともあれ、姉小路が二ノ丸に依拠する世嗣政之助を推したことで、西ノ丸に退いたお美代の方などの勢力は沈黙したはずだった。ところが、八朔御礼における家慶の不用意な発言以降、大御所家斉を盾にした西ノ丸派の動きが活発になりつつあるというのだ。

お美代の方が推すのは、加賀前田《かがまえだ》家へ嫁いだ長女溶姫《ようひめ》が産んだ犬千代丸《いぬちよまる》である。あいかわらず威勢はよいものの、むしろ、御三家御三卿などの各所に触手を伸ばしているのは別の勢力だった。

「大御台《おおみだい》様じゃ」

と、丸眼鏡の老臣は干涸《ひか》らびた声を叩きつけてくる。

家斉とともに西ノ丸に退いた正室の茂姫《しげひめ》が、どうやら、隠していた牙を剝きはじめたらしい。

茂姫は薩摩《さつま》の名君島津重豪《しまづしげひで》の愛娘である。近衛家の養女となって徳川宗家に輿入《こしい》れしたものの、心の底には薩摩人の剛直な気風を備えており、側室の分際で我が物顔に振るまうお美代の方を嫌悪していた。それゆえ、家慶の世嗣には政之助を推し、生母であるお美津《みつ》の方の勢力とは蜜月の関わりを保っていたはずだった。

ところが、お美代の方が力を弱め、姉小路が本丸の大奥を牛耳るようになると、微妙な立ち位置を取るようになった。政之助を世嗣の座から引きずりおろし、代わりに世嗣となる者の後ろ盾になるべく、水面下で暗躍しはじめたというのである。

要するに、大奥における対決の構図は様変わりし、以前は本丸の茂姫と西ノ丸のお美代の方の対立であったものが、本丸の姉小路と西ノ丸の茂姫の対立になっているというのである。

ことばを尽くして説かれても、蔵人介にはわけがわからぬし、関わりたくもない争いだった。

「茂姫の推す若君が誰なのか、わしにもわからぬ。茂姫の意を受けて西ノ丸の大奥を抑えているのは、御年寄の敷島《しきしま》さまじゃ。才気走ったお方でな、御客会釈《おきゃくあしらい》からめきめきと頭角をあらわした。敷島さまならば、姉小路さまを敵にまわしても引けを取るまい」

まわりくどいはなしを、蔵人介は我慢しながら聞いていた。

橘は襟を正し、ようやく本題にはいる。

「敷島さまが、おぬしに会いたいと仰せじゃ」

「えっ、それがしにでござりますか」

「無論、宗次郎さまのことを探るためであろう」

「探ると仰ると」

茂姫の推す世嗣に相応《ふさわ》しい人物か否か、下調べをするつもりではあるまいかと、橘は憶測を述べた。

「ただ、おぬしと会うにあたって、妙なことをひとつ頼まれてな」

「妙なことでござりますか」

「ふむ。『いちおう、御落胤であることを確かめたい。確かめるにあたって、家慶公より下賜されたはずの小倉色紙をお持ちいただけまいか』と、かように仰せなのじゃ」

蔵人介は驚きつつも、つぎのことばを待った。

灘文の言っていた「小倉色紙」が橘の口からも飛びだした。

「わしも噂には聞いたことがあった。家慶公から豊家縁の色紙が下賜されたとな。おそらく、敷島さまがご所望なのは、かの千利休《せんのりきゅう》も草庵に飾ったやもしれぬ藤原定家直筆の色紙であろう。わしもようは知らぬが、古筆見や好事家《こうずか》たちのあいだでは垂涎のお宝らしい」

灘文こと灘屋文右衛門が肝煎りをつとめる『藻塩草』なる連の仲間には「大奥のお偉い方」も名を連ねていると聞いた。

もしかすると、それは敷島なのではないかと、蔵人介は邪推した。

ともあれ、色紙の価値を知ってか知らずか、公方家慶は名も無きおなごが産みおとした実子にくれてやったのだ。その逸話が真実だとすれば、父は子に憐れみを抱いていたことになるのやもしれぬ。

「おぬし、ご下賜の小倉色紙におぼえはないか」

「ござりませぬな」

と、即座に応じる。

別に隠すことではない。ほんとうに、おぼえがなかった。

「ならば、家に帰って志乃どのに尋ねてみよ。望月家の亡き養母あたりから託されておるやもしれぬ。色紙をみつけたら、わしが段取りをつけるゆえ、伝右衛門を介して一報せよ」

「色紙をみつけられぬときは、どういたします」

「はてさて、敷島さまのご意向次第じゃな」

「かしこまりました」

ふて腐れたように応じると、橘はずり落ちた丸眼鏡をかけ直した。

「どうした、煮えきらぬようじゃな。影武者に抜擢したときもそうであったが、宗次郎さまのことになると、何故か、おぬしはいつも以上に身構える。情が移ったのか」

「いいえ、そのようなことはござりませぬ」

「ならばよい。情など移してはならぬぞ。あのお方は、みずからで運命《さだめ》を決められぬ星のもとに生まれた。万が一のときは上様の盾となり、めぐりあわせによっては上様そのものにならねばならぬお方なのじゃ。廓なんぞに通わせてはならぬぞ。大目付や目付の目も光っておるでな、勝手気ままな動きは自重していただかねばならぬ」

今さらになって細々と命じられても、面食らうだけのはなしだ。腹も立ってくる。そもそもは隣人の誼《よしみ》で預かっただけなのに、高みの見物としゃれこんでいた橘から、偉そうな口を差しはさんでほしくはない。

蔵人介は小さく溜息を吐き、壺庭に咲く石蕗の花に眼差しを向けた。

七

橘右近が当てずっぽうで指摘したとおり、志乃は望月家の妻女から「たいせつな預かり物」をしていた。「万が一のときは、これが宗次郎を救うことになるやもしれぬ。ただし、宗次郎を破滅させる恐れもある代物《しろもの》ゆえ、つとめて口外はご無用に願いたい」と今は亡き妻女に厳しく言いふくめられたので、蔵人介にも宗次郎本人にも秘していたらしかった。

預かり物が公方家慶から下賜された「小倉色紙」であることは、志乃も桐箱を開くまでは知らなかった。

今から六百年ほどまえ、当代一の歌人として知られていた藤原定家が鎌倉《かまくら》幕府の御家人だった宇都宮蓮生《うつのみやれんじょう》の求めに応じ、天皇や公家や皇女や高僧など百人の歌人が詠んだ優れた和歌を一首ずつ撰じてやった。そして、定家は蓮生に京都嵯峨野《さがの》に新築した小倉山荘の襖を飾ってほしいと頼まれ、みずから筆を執って、撰じた百人一首を一枚一枚色紙にしたためたのだ。

小倉山荘の襖に飾られた色紙の多くは散逸《さんいつ》したが、室町《むろまち》の世になると、その一部が茶室の床飾りとして珍重《ちんちょう》されるようになった。名だたる茶人や武将が、びっくりするほどの高値で買いもとめ、贋作も多く出まわったという。

小倉色紙の一部はまた、宇都宮蓮生の子孫にも遺された。戦国の世に九州豊前《ぶぜん》国を領していた宇都宮鎮房《しげふさ》の一族が豊臣秀吉配下の黒田長政《くろだながまさ》に滅ぼされたのは、秀吉が小倉色紙を所望したにもかかわらず、鎮房が拒んだためとも伝えられている。

宇都宮氏に伝わった「お宝」は秀吉のものとなり、やがて、徳川家のものとなって宗家に受けつがれた。世嗣であったころの家慶がその価値を知っていたかどうかはわからぬが、宗次郎に下賜された色紙は本物にまちがいない。

志乃が桐箱から恭《うやうや》しく取りだした色紙は二枚あり、地模様のある色紙と無地の色紙には流麗な筆跡で定家本人の詠んだ和歌がしたためられていた。

「来ぬ人をまつほの浦の夕凪に焼くや藻塩の身もこがれつつ」

宗次郎は震える声で口ずさみ、涙ぐんでみせる。

特段に和歌の素養があるわけでもないのに、心を強く動かされてしまったのだろう。

それは、小倉色紙の醸《かも》しだす魔力によるものであった。

志乃は袖で涙を拭い、蔵人介も平静ではいられなくなる。

六百年経っても色褪《いろあ》せぬ文字は、確実に人の心を動かすのだ。

ふと、蔵人介は狭霧のことをおもった。

定家直筆の文字を目にしたら、どう感じたであろう。

感激の余り、書写する手の震えを止められなかったにちがいない。

狭霧は道具屋に頼まれ、贋作の壺や茶碗を納める箱の箱書きをした。

同じように誰かから頼まれ、小倉色紙の贋作を書かされていたのかもしれない。

幇間の条三も言ったとおり、狭霧は宗次郎に恋情を寄せていた。焦がれるような恋情を、贋作のために書かされた定家の和歌に託したのだ。そう考えれば、哀れさはいっそう募る。

だが、余計なことは喋るまい。

極楽浄土に逝《い》った狭霧も、いまさら、宗次郎の気持ちを掻き乱したくはなかろう。

まさしく、本物の小倉色紙には魂が宿っているやに感じられた。

蒐集家が手に入れたくなる気持ちもよくわかる。

蔵人介は志乃に託された二枚の色紙を携え、宗次郎とともに日本橋芳町《よしちょう》の『一《いち》万尺《まんじやく》』という会席料理屋へ向かった。

橋に呼ばれてから、三日が経っている。

昨夜、公人朝夕人の伝右衛門があらわれ、足労せねばならぬ時刻と場所だけを伝えていった。

籠の鳥である大奥の御年寄が、代参《だいさん》でもないのに城外へ出るのは難しい。

大奥きっての猛女だとか、今春日《いまかすが》と呼んでもかまわぬとか、さまざまな噂は聞いていたが、ともあれ、敷島という御年寄は西ノ丸の大奥でよほどの権力を握っているものと推察された。

なお、橘は仲を取りもっただけで、今宵は顔をみせぬらしい。

本音では、大奥の醜い争い事に巻きこまれたくないのだろう。

「それなら、拒めばよいのに」

と、宗次郎は当然の不満を口にする。

安全なところから指図だけする者を毛嫌いしているのだ。

橘は宗次郎のことをほかの誰よりも案じていると、蔵人介も通り一遍の言い訳をするつもりはない。

老臣の言うとおり、宗次郎はみずからでは運命を決められぬ星のもとに生まれた。

会いたいと申し出る者があれば、逃げずに堂々と会えばよいだけのはなしだ。会うのを拒んで恨まれるより、会ってこちらの考えを直に伝えたほうがよい。

「面倒臭いな」

愚痴をこぼす宗次郎の背中を押し、蔵人介は『一万尺』の敷居をまたいだ。

品の良い女将に招じられ、長い廊下を渡って奥座敷へ向かう。

月明かりに照らされた中庭には朝鮮灯籠が佇み、灯籠の脇には山茶花《さざんか》が咲いていた。

奥座敷の廊下に面した襖障子は左右に開放され、上座には黒地に錦繡《きんしゅう》の施された打掛《うちかけ》を纏う御年寄が座っている。

「よう来られた。わらわが敷島じゃ」

宗次郎は手招きされ、するする近づいていった。

蔵人介はわずかに遅れ、俯《うつむ》き加減にしたがった。

面前に座ってお辞儀をすると、敷島は満足そうにうなずく。

顔はふっくらとしたおかめ顔で、肌は餅のように白い。

人あたりは柔らかく、刺々《とげとげ》しさは感じられなかった。

ただし、公方の実子を平気で下座に座らせるあたり、並みの胆の太さではない。

「そなたが宗次郎どのか」

敷島は居丈高に言い、おかめ顔を差しだしてくる。

香の匂いが濃すぎるのか、宗次郎は咳きこんでしまった。

「家慶公に似ておらぬ。くふふ、しゃくれておらぬからのう。おっと、本音が漏れてしもうた。家慶公のお耳にはいれば、打ち首は免れまいな。されど、そなたは告げ口すまい。なぜなら、影武者ゆえじゃ。影武者は無駄口を叩いてはならぬと、指南役に教わったであろう」

わざと無礼な台詞を並べたて、こちらの反応を窺うつもりか。

宗次郎はにっこり笑い、快活に応じてみせる。

「仰せのとおり、無駄口を叩いてはならぬと教わりました。されど、それがしはもう影武者ではありませぬ」

「ならば、何者じゃ」

「何者でもない。強《し》いて申せば、鬼役の居候にござ候」

「鬼役の居候か。なるほど、おもしろい」

敷島は二重顎をぷるぷるさせ、さも可笑《おか》しそうに笑う。

かたわらには、茶筅髷《ちゃせんまげ》の怪しげな人物が気配もなく侍っていた。

「おう、忘れておった。その者は連歌屋《れんがや》柳左《りゅうさ》。陰陽師《おんみようじ》じゃが、古筆の目利きでもある。くふふ、お持ちいただいたお宝の真贋を判別せねばならぬでな。柳左、あれをおみせいたせ」

「はっ」

柳左と呼ばれた痩せた男は紫の袱紗《ふくさ》に包まれたものを取りだし、両手に抱えて中腰のまま運ぶと、宗次郎の面前へ置いた。

「どうぞ、袱紗をお開きください」

宗次郎が言われたとおりにすると、分厚い折帖があらわれた。布できれいに装丁された表には『藻塩草』と書かれている。

「公儀《こうぎ》古筆見役、平沢了伴《ひらさわりようはん》さまの編まれた手鑑にございます」

「ふうん、手鑑か」

宗次郎は興味もなさそうに漏らし、何気なく捲ろうとする。

「待て」

と、敷島が矢のように刺さる声で叱責した。

おもわず、宗次郎は手を引っこめる。

「汗染みがついては困る。捲りは、柳左に任せよ」

柳左は布を手に持ち、直に触れずに一枚目を捲った。

「聖武《しょうむ》天皇の筆跡をしめす大和切《やまとぎれ》じゃ」

と、敷島が上擦《うわず》った声で説く。

「表には百十七葉、裏には百二十五葉《よう》の古筆が貼られておる。すべて本物じゃ。経巻や歌書などの巻子本から切りとった断簡でな、奈良から室町にいたる世の優れた古筆が収めてある」

台紙一枚に断簡二枚ずつ、二枚は高さをずらして貼りこんであった。断簡の紙は上質な麻紙が多く、表面に雲母砂子《きらすなご》を散らした紙も見受けられる。

「古今和歌集《こきんわかしゅう》の断簡を集めた本阿弥切《ほんあみ》もあれば、太閤秀吉公が所持しておられた高野切《こうや》もふくまれておる。その手鑑を借りてくるのに、どれほど骨を折ったことか。古筆見の上役にあたる寺社奉行を掻き口説いたのじゃ。了伴の名付けた『藻塩草』は奇《く》しくも、わらわが名付けた連と同じ名称でもある。了伴の念頭にも、おそらく、定家の詠んだ和歌が浮かんでおったはずじゃ」

敷島は宙に目を泳がせ、朗々と諳《そら》んじてみせる。

「来ぬ人をまつほの浦の夕凪に焼くや藻塩の身もこがれつつ……わらわにとって、来ぬ人は人ではない。まさしく、藻塩の和歌をしたためた定家直筆の小倉色紙にほかならぬ。さあ、了伴の手鑑を目にした以上、あとには引けぬぞ。家慶公より下賜されたお宝をみせてみよ」

宗次郎に促されるまでもなく、こんどは蔵人介が桐箱を抱え、敷島の面前にするすると身を寄せていった。

「どうぞ」

桐箱を畳に滑らせるや、かたわらの柳左が応じ、膝で躙《にじ》りよってくる。

「敷島さま、よろしゅうございますか」

断りを入れると、上座から震え声が戻ってくる。

「よい、早うみせよ」

「はは」

柳左は蓋を外し、桐箱から二枚の色紙を取りだす。

横を向いて咳払いをし、袱紗のうえに二枚並べて置いた。

敷島がすっと立ちあがり、衣擦れとともに近づいてくる。

そして、袱紗のまえで膝をつき、生まれたての赤子でもみるように、色紙に顔を寄せた。

「紛《まぎ》れもなく、本物にございます」

柳左の声にうなずきもせず、敷島は色紙をみつめつづけた。

その眸子が、次第に狂気を帯びてくる。

蔵人介でさえ、身震いを禁じ得ない。

一方、宗次郎は呑気にかまえている。

「何なら、お譲りしましょうか」

と、冗談半分に言ってのけた。

刹那、殺気が迸《ほとばし》った。

顔をあげた敷島が、刃物すら抜きかねぬ形相で睨みつけてくる。

「綸言汗《りんげんあせ》のごとし。運に恵まれれば天下人となるやもしれぬ者が、軽々しく心にもないことを申すでない」

鋭く突きつけられたことばに、さすがのお調子者も押し黙ってしまう。

敷島は是が非でも色紙が欲しいのだなと、蔵人介はおもった。

八

見世から外に出てみると、霧のような氷雨が降っていた。

ふたりは傘も持たず、肩を並べて芳町の小路を歩きはじめる。

女物の浴衣を羽織って近づいてくるのは、陰間《かげま》であろう。

厚化粧が剝《は》げて、化け物のような顔をしている。

「ちょいとお兄さん、寄っていかない」

声を掛けられたのは、後ろを歩く宗次郎のほうだ。

相手にせずにいると袖を引かれたので、化け物の手首を摑んで捻りあげる。

「……い、痛えっ」

どしんと尻餅をついた陰間を上から覗きこみ、宗次郎は真剣な顔で謝った。

「すまぬ、着物を濡らしちまった」

「けっ、もう濡れているよ」

悪態を吐く陰間を残し、ふたりはさきを急いだ。

日本橋大路は、すぐそこだ。

まとわりついてくるのは、雨だけではない。

見世を出たときから、蔵人介は妙な気配を察している。

「宗次郎、気づかぬか」

「もちろん、気づいておりますよ」

「ならば、大路へ出たら二手に分かれよう」

「合点承知」

ふたりはことさらのんびり歩き、日本橋大路へ出るや、ぱっと左右に分かれた。

蔵人介は大股で日本橋のほうへ、宗次郎は神田のほうへ向かったのだ。

しばらく歩き、蔵人介は足を止めた。

じっと、耳を澄ます。

気配はない。

「やはり、宗次郎のほうであったか」

くるっと踵を返し、股立ちを取って走りだす。

宗次郎はああみえて甲源一刀《こうげんいっとう》流の免許皆伝だが、人を斬るのは得手ではない。

刺客に襲われたら、危うい情況におかれるのはわかっている。

だが、相手の正体も見極めたい。

そのためには、挟み撃ちにするしかなかった。

泥撥《どろは》ねを飛ばし、十軒店《じっけんだな》のあたりまでやってくる。

「くそっ、おらぬ」

さらに進んで、本銀町《ほんしろがねちょう》までたどりついた。

白刃を重ねる音が聞こえてきた。

――きぃん。

右手の脇道だ。

さきほどよりも雨脚は強くなっている。

亥ノ刻も過ぎているので、大路の人影は少ない。

蔵人介は奥歯を嚙みしめ、脇道へ躍りこんだ。

「宗次郎、だいじないか」

叫びかけるや、ふたつの人影がさっと離れる。

奥のほうが宗次郎で、手前が黒覆面の賊だ。

「忍びか」

蔵人介は地を這うように迫り、白刃を抜きはなった。

忍びらしき賊は懸かってくるとみせかけ、脇の壁に身を躍らせる。

黒板塀の壁を道も同然に駆けぬけ、蔵人介の背後に逃れていった。

「くそっ、逃したか」

宗次郎は残念がり、裂かれた袂を引きちぎる。

どうやら、怪我はないらしい。

蔵人介は顎から雨粒を垂らしながら、愛刀の来国次《らいくにつぐ》を鞘に納めた。

桐箱は柿渋を塗った紙に包み、さらに風呂敷に包んで背に負っている。

ふたりは雨を避け、仕舞屋《しもたや》の軒下に身を寄せた。

「敷島め、小倉色紙を奪おうとして、刺客を差しむけたな」

宗次郎のことばに、蔵人介は首をかしげる。

「そうともかぎらぬぞ」

「えっ。敷島でなければ、いったい誰が」

「わからぬ。されど、あの身のこなし、御広敷《おひろしき》の伊賀者かもしれぬ。伊賀者を動かすことができるのは、御台様だけだ」

家慶の正室である喬子は、有栖川宮織仁《おりひと》親王の第六皇女である。ただし、大奥の差配は上臈御年寄の姉小路にいっさいが任されていた。

「もしかして、姉小路が刺客を送ったと」

「何とも言えぬがな。本丸の姉小路が西ノ丸の敷島を煙たがっているのは確かだ」

敷島が継嗣候補の宗次郎と密会したとなれば、捨ておくわけにもいかなくなる。

密会に勘づき、早々に継嗣争いの種を断ちにきたと考えるのは早計にすぎるかもしれぬが、宗次郎が刺客に襲われたのは紛れもない事実だった。

「甘く考えすぎたな」

のこのこ顔を出さねばよかったと、蔵人介は今さらながらに悔やんだ。

怒りの矛先を向けるべきは、勝手に段取りを組んだ橘にほかならない。

だが、肝心の宗次郎は襲われたことも忘れ、呑気な顔でつぶやいてみせる。

「それにしても、あの敷島、よほど小倉色紙にご執心とみえる。上手にはなしを持ちかければ、千両箱のひとつやふたつは積みかねぬな」

「売る気なのか」

「それもわるくないと、おもわれませぬか。どうせ、五三の桐《きり》を纏う盗人から葵《あおい》を纏う盗人の手に渡った色紙なんだし」

「やめておけ。大金を引きだしたとしても、廓遊びに消えていくだけのはなしであろうが。それに、価値の高いものを赤子に授けた父君のお心をおもってもみよ」

うっかり口走ったことばに、宗次郎はあからさまな敵意を向けてきた。

「鬼役どのにしては、らしくないことを仰る。そもそも、あの父に子をおもう心があるとお考えか。ふん、あるはずがない。影武者をやって、ようくわかりましたよ。子をおのれの盾にしても平気な親だということがね」

宗次郎がここまで突っかかってくるのもめずらしい。

雨に濡れた顔が、泣いているようにもみえる。

蔵人介は後悔した。

くだらぬ説教を口にしても、宗次郎には響かない。

「そんなことより、古筆見の『藻塩草』とか申す連のほうが気になります。連の肝煎りは、灘文なのでしょう。敷島と灘文が蜜月の間柄だとすれば、敷島も狭霧殺しに絡んでおるやもしれませぬ」

万が一にも、そうでないことを祈るのみだ。

大奥ほど厄介なものはないと、蔵人介はおもった。

九

五日後の夕刻、蔵人介と宗次郎のすがたは向島《むこうじま》にあった。

三囲《みめぐり》稲荷の裏手から田圃のなかの細道をたどり、文人墨客にはよく知られた『大七《だいしち》』という料理屋へ招じられたのだ。

「古筆見の会がござります。よろしければ、お越しください」

わざわざ自邸に使いを寄こしたのは、意外にも灘文こと灘屋文右衛門であった。

参じる条件として、小倉色紙を携えていかねばならない。

少し胡散臭いものを感じたが、狭霧殺しの真相を探るためにも参じてみようと、宗次郎とのあいだで相談がまとまった。

小舟で大川を渡りきったころから冷たい雨が降りはじめ、刺客に襲われた晩のことをおもいだす。宗次郎は「怪しい者の気配は感じない」と言うが、油断のできぬ相手につけ狙われているとおもって、まず、まちがいなかろう。

狭霧殺しに関して言えば、灘文が足繁く通って古筆切の贋作を書かせていたことがほぼ判明していた。

串部が道具屋の唐草屋藤八をじっくり責め、知っていることをすべて吐かせたのだ。

灘文は遊び金をはずんだので、楼主の段六も容認していたようだった。むしろ、狭霧を焚きつけていた公算も大きい。

狭霧の書いた贋作は、眼力のない金持ちなどに高値で売られていた。

道具屋は、灘文が酔った勢いで叫んだ台詞をおぼえていたのだ。

「贋作は儲かる。儲けがありゃ、商人は何をしたっていい。金がすべてだ。金さえあれば、世の中に大きい顔ができる。大名までが尻尾を振ってくる」

実の姉とも慕う夕霧を身請けした隠居は、とんでもない守銭奴《しゅせんど》だった。それを思い知ったとき、狭霧は古筆の写し書きを拒んだのではあるまいか。あるいは、思い入れのある定家の和歌を贋作用の色紙に写せと命じられ、きっぱり拒んでみせたのかもしれない。

そのせいで毒を盛られたとしたら、灘文を許しておくわけにはいかなかった。

ただし、狭霧が死んだ晩、灘文本人は『吉文字屋』を訪れていない。

見世に顔が利く者が、殺しの手助けをしたのだ。

それが誰なのか、見極めるためにも、蔵人介と宗次郎は連にやってきた。

見世の敷居をまたぐと、土間に大きな生け簀《いす》が置かれ、鱗を擦りあうほど多くの鯉が泳いでいた。

生け簀を横目にしながら通された奥の大広間は、すでに、熱気でむんむんしている。商人もいれば侍もおり、灘文のすがたもあったが、敷島と連歌屋柳左は来ていないようだ。

中央に設えた長い床几には、連の仲間が持ちよった古筆切や手鑑が置かれている。

そのまわりは酒膳に囲まれているのだが、泥酔して取り乱すような輩はいなかった。

「ずいぶん、お上品な連だな」

と、宗次郎もこぼす。

床几のうえの古筆や名筆などには興味もない。

連の仕切り役でもある灘文のそばへ、まっすぐ近づいていく。

蔵人介も桐箱を携え、従者のように宗次郎の背を追いかけた。

灘文はこちらに気づき、自分のほうから歩みよってくる。

「これはこれは、望月宗次郎さま、ようこそ、お越しくださされました」

撲《なぐ》りかかるほどの勢いで迫った宗次郎も、何やら、拍子抜けしてしまったようだ。

後ろを振りかえり、困った顔をする。

仕方なく、蔵人介が相手になった。

「盛況だな。いつも、これほどの賑わいなのか」

「ええ、今宵はこれでも少ないほうにござります」

「矢田藩のお殿さまや大奥のお偉い方は、みえておらぬようだな」

「さすがに向島までは遠いゆえ、お声を掛けておりませぬ」

「上客は呼ばずに、連の仲間でもないわしらを呼んだのか。目途が何かはわかっておるがな」

そう言って、蔵人介は桐箱を包んだ風呂敷をみせる。

「くふふ、よくぞお持ちいただきました。ご推察どおり、そちらの色紙を特別な方々におみせしとうござります。お手伝い願えましょうか」

すかさず、宗次郎が口を挟んだ。

「見返りは何だ。それがなければ、色紙をみせるわけにはいかぬ」

「当然にござります。されば、見料《けんりょう》をお支払いいたしましょう」

「ほう、見料か。いくらだ」

「いくらがようござりますか」

「さて、いくらにするかな。五百、いや、千……」

と、言いかけたふざけた男の尻を、おもいきり抓《つね》ってやる。

「ぬえっ」

棒立ちになった宗次郎を押しのけ、蔵人介はこたえた。

「払う気もないのに、莫迦なことを言うのはよせ。それよりも、狭霧に毒を盛った男のことを聞きたい」

「……な、何を仰るかとおもえば、死んだ花魁のことでござりますか」

肥えた商人は狼狽《ろうばい》しつつも、平静を装った。

「手前をお疑いなら、お門違いにございます。当初こそ、毒を盛られたというはなしが広まったようですが、よくよく調べてみると、花魁は間夫《まぶ》にふられて生きているのが嫌になり、みずから毒を呷ったらしいとのこと。吉文字屋の楼主が教えてくれたことですから、まず、まちがいはござりますまい。おや、おふた方はご存じないので。それは妙にござりますな」

宗次郎はおもいあたることでもあるのか、貝のように口を噤んでしまう。

関わった者たちが口裏を合わせ、狭霧殺しを隠蔽しようとしているのだと、蔵人介は察した。

「さあ、どうぞこちらへ。みなさまがさきほどより、お待ちかねにございます」

灘文の背につづき、長い廊下を何度か曲がって進む。

さらに、庭下駄まで履き、着いたさきは土蔵の手前だった。

金網を嵌めた窓の向こうには、灯りが点っている。

灘文はためらいもなく、頑丈そうな石扉を開いた。

――ぎぎっ。

扉の軋む音とともに、呻《うめ》き声が漏れてくる。

蔵人介と宗次郎は身構えた。

「さあ、こちらへ」

　暗闇に、灘文の眸子が光った。

宗次郎が率先して土間を進み、ぎくりとなって立ちどまる。

饐えた臭いの漂う蔵のまんなかには大きな水桶が置かれ、後ろ手に縛られた男が天井から吊るされていた。

「ぬふふ、来おったか」

水桶のかたわらには、笞を手にした同心が立っている。

隠密廻りの鮫島兵庫だ。

目つきの鋭い小者がふたり控え、責め苦を手伝っている。

吊るされた男は瞼をあおぐろく腫《は》らしており、誰かもわからない。

「唐草屋藤八にござりますよ」

と、灘文が嘲笑しながら言った。

宗次郎は顔を背け、蔵人介は鮫島を睨みつける。

「その男が何をしたのだ」

平目顔の隠密廻りは、薄笑いを浮かべた。

「こやつめ、廓の壁蝨《かべじらみ》みてえな老い耄《ぼ》れ幇間にしつこく聞かれ、適当なはなしをでっちあげたのさ。狭霧は灘文の息が掛かった連中に殺められたとな。んなわけがねえ。狭霧は自分で毒を呷ったんだ。それで一件落着になるはずが、どうやら、そういうわけにもいかねえらしい。へへ、ためしに責めてみたら、この莫迦たれが吐きやがったのさ。狭霧に毒を盛ったのは、自分だとな。贋作の箱書きを拒まれたからだとよ。それだけじゃねえ。狭霧に強請《ゆす》られたらしいぜ。悪事を訴えられたくなけりゃ、五百両払えってな。さすがは吉文字屋の御職だぜ。強請《ゆすり》も堂に入っていやがる。でもな、そいつのせいで命を縮めることになった」

「おもしろい筋書きだな」

蔵人介がうそぶくと、鮫島は手鼻を「ぶっ」とかんだ。

「信じねえってのか。ふん、いいさ。おめえらに廓の闇はわかりっこねえ。下手に首を突っこまねえほうが身のためだぜ」

「わざわざ、そいつを言うために、向島くんだりまで呼んだのか」

「いいや、こっちの用は済んだ。もうひとつは、悪いはなしじゃねえ。おめえさんが携えてきた色紙を、灘文が二千両で買うそうだ」

鮫島のはなしを、灘文が引きとった。

「二千両は色紙一枚の値にござります。二枚で四千両にござります。嘘だとおもうなら、あれをご覧くだされ」

小者のひとりが龕灯《がんどう》を翳《かざ》すと、蔵の片隅に千両箱が積んであった。

灘文はにやにやしながら水桶に近づき、吊るされた哀れな道具屋の尻を叩く。

――ばしっ、ばしっ。

何度叩いても、道具屋は反応しない。

「おや、逝っちまったのか。莫迦な野郎だ」

灘文はひとりごち、こんどは蔵の片隅に向かうと、千両箱のうえにどっかり座った。

「いかがです、おふたかた。その小倉色紙を置いていってくだされば、あとで千両箱を市ヶ谷御納戸町の御屋敷へ運ばせますぞ。矢背さま、そうなれば、明日から骨取り侍を辞めることだってできる。気苦労ばかり多くて益の少ない毒味役なんぞ、辞めちまいたいとおもっておられるのでござりましょう」

この場で斬りすててもよかろうと、蔵人介は考えた。

だが、斬りすてるのならば、狭霧を殺めた罪人として斬りすてねばならぬ。

そのためには、確乎《かっこ》たる証拠が必要だった。

ここは自重するしかない。

そうおもった刹那、宗次郎が白刃を抜いた。

「許せぬ」

止める暇《いとま》もなく、灘文に迫っていく。

「待ちやがれ」

鮫島が笞をふるった。

宗次郎が仰《の》け反《ぞ》って除《の》けるや、見事な手並みで抜刀する。

隠密廻りの抜いた白刃の切っ先は、甲源一刀流の免状を持つ男の喉元に向けられていた。

「ふふ、おれは伯耆《ほうき》流の居合を使う。そこから一歩でも近づけば、命の保証はねえ」

それでも踏みこもうとする宗次郎の肩を、蔵人介が力任せに摑んだ。

「納刀して蔵から出ろ」

丸腰で前へ踏みだすと、鮫島は白刃の切っ先を下ろす。

「あんたが居合を使うのは知っている。幕臣随一という評判も聞いたが、評判倒れってこともある。たぶん、おれのほうが捷《はえ》ぜ。ためしたけりゃ、いつでも相手になってやる」

自信たっぷりに言うだけのことはあるかもしれぬと、蔵人介はおもった。

天井からぶらさがった道具屋は、ぴくりとも動かない。

やはり、逝ってしまったのだろう。

蔵人介は宗次郎の襟首を摑み、後退りしはじめた。

「おや、お帰りになるのか」

と、灘文が惚けた声で問うてくる。

「ふふ、気が向いたら声をお掛けくだされ。色紙二枚で四千両なんてはなしは、そうざらにあるものじゃない」

小倉色紙を手に入れたら、西ノ丸の大奥に君臨する敷島に持ちこむ腹なのだろう。商人にとって大奥は、どれだけ恩を売っても売りすぎることのないところだ。

蔵の外に出ると、宗次郎が獣のように咆吼《ほうこう》した。

「うお、うおおお」

口惜しさを紛らわせるには、そうするしかないのだ。

蔵人介も叫びたくなった。喉が張り裂けるほど叫び、蔵のなかの悪党どもを震撼《しんかん》させてやりたかった。

十

二日後の午後、文使いの小僧が吉報を携えてきた。

――夕霧の行く先わかる　条三
宗次郎は小躍りして喜び、さっそく吉原へ行きたいと訴えた。

仕方なく蔵人介はつきあうことにし、柳橋から猪牙を仕立てて、夕焼けを映す大川に漕ぎだした。

文使いによれば、条三は今戸の寮で待っているとのことであった。

ところが、元遣り手のおしまを訪ねてみると、寮に条三はおらず、たぶん、住まいのある聖天横丁《しょうでんよこちょう》の裏長屋であろうという。

おしまに先導してもらい、蔵人介と宗次郎はそちらへ向かった。

あたりは暮れなずみ、聖天の杜は生き物のようにざわめきだす。

魔が差す頃合いでもあるからか、行く手には人っ子ひとりみあたらない。

ときの狭間に落ち、裏側の道を歩いているような、何とも不可思議な感覚に陥った。

ふと、眼差しをあげると、夕餉の炊煙が幾筋も屋根から立ちのぼっている。

「あそこです」

おしまは指を差したが、不安げな表情をしてみせた。

木戸番の親爺は焼き芋を売っているようだが、買いに来る客もいない。

三人は朽ちかけた門を抜け、どぶ板を踏みつけて奥へ進んだ。

どこにでもある二棟建ての棟割長屋だが、嬶《かか》ぁや洟垂れのすがたはない。

まるで、嵐のまえの静けさのようだ。

みな、部屋に閉じこもっているのだろうか。

夕餉の膳を囲んでいるのであれば、楽しげな笑い声が聞こえてきてもよさそうなものだ。

門を抜けたときから、不吉な予感にとらわれている。

宗次郎も押し黙り、眉間に皺を寄せた。

井戸の脇を通り、稲荷社の手前まで進む。

「何だか、血腥いよ」

先導役のおしまが足を止めた。

「粂さん、粂三さん」

部屋に向かって呼んでも、反応はない。

蔵人介はおしまの脇を擦りぬけ、部屋の戸を引きあけた。

「うっ」

血達磨の粂三が、上がり端に横たわっている。

駆けこんできた宗次郎が、眸子を飛びださんばかりにした。

「……く、粂三」

古いつきあいなので、老いた幇間への思い入れは強い。

宗次郎が抱きおこすと、裂けた腹から小腸《ひゃくしろ》が飛びだしてきた。

「うっ」

まだ息はある。虫の息だ。

「粂三、しっかりせぬか」

「……そ、宗次郎さま」

「いったい、誰にやられた」

「……さ、鮫」

「鮫島兵庫、面番所の隠密廻りだな」

粂三はうなずく力もなく、最後の力を振りしぼる。

「……ど、毒を……も、盛ったのは」

「ふむ、聞いておるぞ。狭霧に毒を盛ったやつのことだな」

「……だ、段」

と、そこまで言い、粂三はがくっと首を垂れた。

宗次郎の腕のなかで、小さなからだが縮こまる。

「おい、粂三、起きろ。起きろと言うのがわからぬのか」

どれだけ揺すっても、粂三は目を醒まさない。

土間に佇んだおしまは、口をへの字に曲げた。

「ちくしょう、段六め。鮫島のやつと、つるんでいやがったんだ。あたしゃ、けっして許さないよ。あいつらに、地獄をみさせてやるんだ」

楼主が稼ぎ頭の花魁を亡き者にすることなど、通常ならば考えられない。

段六はそれをやった。灘文に金を摑まされたか、鮫島に脅されたかしたのだ。

狭霧にやらせた古筆書きは、おもいのほか金になった。もうできないと泣きつかれ、腹を立てたのかもしれない。悪事を暴露すると居直られ、口封じするしかないとおもったのであろう。

粂三がおそらく、口を噤んでいた見世の奉公人たちから狭霧殺しの真相を聞きだしたのだ。そのせいで命を縮めることになった。鮫島に勘づかれ、この部屋に忍びこまれるや、抜き打ちの一刀で腹を裂かれた。斬られてから、まだ四半刻と経ってはおるまい。

凶事を察した長屋の連中は、部屋に閉じこもってしまった。

蔵人介は腰を屈め、意志無く垂れた腕を睨みつける。

「宗次郎、手甲《てっこう》に何か書いてあるぞ」

書いたのではない。

艾《もぐさ》で灸《きゅう》をして、焼きつけた痕だ。

「……ま、まさか、こうなることを察していたのか」

「宗次郎、何と書いてある」

艾で焼きつけた文字は「とうけいじ」と読めた。

「もしや、鎌倉の東慶寺じゃあるまいかね」

と、おしまが言う。

なるほど、東慶寺は旦那と別れたい女たちの逃げこむ駆込寺にほかならぬ。

「きっと、夕霧はそこにいる」

宗次郎は小鼻を膨らませ、わなわなと顎を震わせた。

「よくぞ、よくぞ、教えてくれたな。粂三よ、おまえのことは忘れぬ。夕霧にも伝えるぞ。おまえが会いたいと言っていたと、ちゃんと伝えておくからな」

もちろん、東慶寺へおもむくまえに、片づけておかねばならぬことがある。

「今からまいるぞ。覚悟はよいか」

「無論でござる」

宗次郎は蔵人介に促され、脇差で粂三の遺髪を切った。

「まいりましょう」

いつになく凛々しい顔で言いきってみせる。

「ほとけを寮に安置したら、あたしもひと肌脱がさせてもらうよ」

おしまも強気で応じ、裾をからげて外へ飛びだしていく。

戸外には、長屋の連中が集まっていた。

隠れていた連中が、我慢できなくなって部屋から出てきたのだ。

誰もが粂三の死を悲しみ、泣きながら幇間芸のまねごとをしてみせる者までいる。

このひとたちからも慕われていたのだと、蔵人介は感じ入った。

生涯を芸に捧げた幇間の無念を晴らすためにも、きっちり落とし前をつけねばなるまい。

ただし、相手はなかなかの強敵だ。十手を与る身でもある。

けっして、ひと筋縄ではいかぬことを、蔵人介は知っていた。

十一

ふたりは遊客に紛れて大門を潜り、京町二丁目の角を左手に曲がると、紅殻格子の籬を横に眺めながら『吉文字屋』へ向かった。

楼主の段六を責め、みずからの口で狭霧殺しを吐かせねばならぬ。

こうなることがわかっておれば、責め苦のツボを知る串部を連れてきたのだが、串部にはここ数日、灘文のほうを見張らせていた。

「お任せを」

宗次郎は肩に力がはいっている。

怒りにまかせて何をやるか、わかったものではない。

だが、今宵ばかりは、蔵人介も止める気はなかった。

条三の仇を取らせてやろうと、長屋を離れたときから覚悟を決めている。

入口に座る妓夫は居眠りをしていたが、ぱっと目覚めた途端に宗次郎から当て身を喰らい、また眠ってしまった。

暖簾を分けて踏みこみ、左手の内証を覗く。

段六は座布団を並べて寝そべり、禿に肩を揉ませていた。

土間には煮炊きをする大釜が設えてあり、大鍋のなかでおでんが煮立っている。

宗次郎は何をおもったか、おでんの汁だけを丼に注ぎ、ついでに菜箸も手にして戻ってきた。

「おいおい、腹ごしらえか」

「いいえ、こいつを使うんですよ」

いったい、どうするつもりなのか、蔵人介には見当もつかない。

「とりあえず、猿轡《さるぐつわ》だけ咬《か》ませてください」

と頼まれ、仕方なくうなずいた。

おでんの丼を携えた宗次郎をしたがえ、蔵人介は内証を訪ねる。

手を振って禿を去らせると、寝そべったままの段六が眠そうに眸子を開けた。

「誰かとおもえば、旦那方か。おれに用でもあんのかい。狭霧の件はもう済んだはずだぜ」

「いいや、済んではおらぬ」

発するや、がばっと上から覆いかぶさり、首に腕を搦《から》めて絞めた。

かくっと落ちたところで腕を放し、手拭いを捻《ねじ》って猿轡を咬ます。

さらに、背後にまわりこみ、腕を取って捻《ひね》りあげた。

こうしておけば、動くことも、叫ぶこともできまい。

すかさず、宗次郎が熱々のおでん汁を頭に掛けた。

「ひっ」

覚醒した忘八は目を瞠《みは》り、顎をわなわなと震わす。

間近に迫った宗次郎の形相が、よほど恐ろしいのであろう。

「上を向け」

段六が頭を振って抵抗するので、蔵人介が後ろから顎下に腕を搦めた。

動かなくなったところで、宗次郎が鼻の穴に菜箸を突っこむ。

「ぶひっ」

鼻血が垂れてきた。

それでも責め手を弛めず、宗次郎は傷ついた鼻の穴におでん汁を流しこむ。

「ぐふっ、げふっ」

段六は足をばたつかせたが、蔵人介の腕から逃れられない。

ひとつ山を越えたところで、宗次郎が静かに語りはじめた。

「うなずくか、うなずかぬか、ふたつにひとつだぞ。狭霧に毒を盛ったのは、おぬしだな」

段六は眸子を瞠ったまま、みとめようとしない。

「なるほど、責め苦が足りぬとみえる。つぎは、目玉に注いでくれよう。おでん汁は鍋にたっぷりあるからな。罪をみとめぬかぎり、地獄の苦しみがつづくだけのことだぞ」

宗次郎が丼をかたむけると、段六は懇願しはじめた。

目に涙を浮かべ、何度もうなずく。

「そうか、罪をみとめるのか。ならば、あの世で狭霧に謝るんだな」

宗次郎は刀を抜かず、握り拳を鳩尾に埋めこんだ。

段六が気を失ったところへ、誰かの気配が近づいてくる。

ひょっこり顔をみせたのは、半化粧をほどこしたおしまだった。

「旦那方、お膳立ては整えておきましたよ」

どうやら、隠密廻りの鮫島兵庫を面番所から誘《おび》きだしてくれたらしい。

「羅生門河岸《らしょうもんがし》で刃傷沙汰があったと、触れてやったんです」

鮫島はおそらく、ひとりで来るという。理由は簡単で、袖の下をひとりじめにできるからだ。

「さあ、旦那方、まいりましょう」

「こいつはどうする」

宗次郎の問いに、おしまは薄く笑う。

「あらあら、汁だらけになっちまって。ご心配なく。あたしらで始末しときますよ。いいえ、そうさせてください。花魁に毒を盛った楼主なんぞ、どぶで溺れて死にゃいいんだ」

大見世で遣り手をしていたとしか聞いていないが、おしまには悪党楼主を裁くことができるだけの力があるらしい。

ともあれ、蔵人介と宗次郎は見世の外へ出た。

天水桶を設えた大屋根のうえに、朧《おぼろ》げな月がみえる。

羅生門河岸は廓の東端、小路を進んださきにあった。

悪臭を放つお歯黒《はぐろ》どぶに面しており、線香一本ぶんで百文《もん》と安価な切見世《きりみせ》が軒を並べている。

病気持ちの鉄砲女郎《てっぽうじょろう》たちが酔客を誘うところだ。強引さが売りの女郎たちは鬼に喩えられ、河岸に「羅生門」という名がついた。華やかな楼閣から一歩裏手へまわれば、稼ぎの少ない女郎たちの吹きだまりがある。

真っ暗闇のなかで、女郎が丸い尻を晒し、どぶに向かって小便を弾いていた。

その脇を提灯がひとつ、上下に揺れながら近づいてくる。

「ひっ」

小便女郎は叫んだ直後、どぶのなかへ蹴落とされた。

蹴落としたのは、黒羽織を纏った小銀杏《こいちょう》髷の同心だ。

「けっ、いってえ何処で喧嘩があるってんだ」

提灯を翳して悪態を吐くのは、鮫島兵庫にまちがいない。

黒羽織の背中へ、宗次郎がそっと近づいた。

鮫島は提灯を抛り、腰の刀を抜きはなつ。

――びゅん。

刃音とともに、声が響いた。

「おっと、誰かとおもえば、青二才か。さては、はかったな」

「悪党同心め、気づいたときが死ぬときだ」

「ふん、笑わせやがる。返り討ちにしてくれるわ」

殺気を帯びた背中へ、別の気配が迫った。

蔵人介だ。

「ほれ、こっちだ」

居合の勝負は、鞘の内で決まっている。

さきに抜いたほうが、負けを覚悟しなくてはならない。

すでに、鮫島は抜いていた。

納刀できず、青眼に構える。

蔵人介は抜かずに、低い姿勢で迫った。

「ふおっ」

撃尺《げきしゃく》の間境《まざかい》を越えるや、国次を抜きはなつ。

閃光とともに、一陣の風が吹きぬけた。

――ばすっ。

鈍い音がして、ふたつの影が擦れちがう。

鮫島はからだを前傾させたまま、青眼をくずさない。

一方、蔵人介も同じ姿勢で闇をみつめている。

「ぶっ」

鮫島が血を吐いた。

裂かれた脇腹からも、夥しい鮮血が噴きだす。

――ぶん。

蔵人介は血振りを済ませ、国次を鞘に納めた。

「すまぬな、宗次郎。引導を渡す役は譲れなんだわ」

鮫島はくずおれ、襤褸屑《ぼろくず》となってうずくまる。

息を呑む宗次郎の背後から、突如、女郎や幇間が飛びだしてきた。

「そうれ、それ」

つぎからつぎへと人があらわれ、賑やかな囃子方《はやしかた》まで繰りだしてくる。

浮かれて踊る連中のまんなかでは、おしまがみなを煽っていた。

「そうれ、それ」

賑やかな連中のなかには、吉文字屋の奉公人らしき者たちも混じっている。

男も女も狂ったように踊り、羅生門河岸はたちまちに人の渦で埋めつくされた。

「俄《にわか》だ、俄だ、そうれ、それ」

俄は葉月《はづき》に催される。女芸者や幇間たちの祭りだった。

激しく揺れる弓張《ゆみはり》提灯には、墨で「狭霧」と書かれている。

どれもこれも「狭霧」ばかりだ。
提灯の狭間から、神輿《みこし》があらわれた。
大勢に担がれているのは、雁字搦《がんじがら》めに縛られた段六にほかならない。
遊女や奉公人たちも神輿とともに、どぶの際までやってきた。
そして、一斉に声を張りあげる。
「そうれ、それ。やっ」
黒い水飛沫があがった。
段六がどぶに投げられたのだ。
海老責めの要領で縛られているので、生きて浮かんでくることはあるまい。
「わっしょい、わっしょい」
鮫島の屍骸も、大勢に踏みつけられた。
踊りつづける者たちは、それすらも気づかない。
いつのまにか、宗次郎も憑《つ》かれたように踊っている。
誰もが泣きながら踊っているのに、蔵人介は気づいていた。

十二

恵比須《えびす》講の時期、日本橋大伝馬町《おおてんまちよう》一帯の通りには、べったら漬けの市が立つ。

「分厚く切らなきゃ、べったら漬けじゃねえ。沢庵《たくあん》三切れぶんで切ってくんな」

江戸っ子を気取る連中が喚《わめ》いたのもつかのま、生干し大根に麹《こうじ》を馴染ませて塩で漬けたべったら漬けの匂いは、やがて、新蕎麦の香りに取って代わられる。

蔵人介は宗次郎ともども旅の途に就き、東海道の保土《ほど》ヶ谷《や》宿から金沢道《かなさわどう》、六浦《むつうら》道とたどって難所の朝比奈切通《あさひなきりどおし》を抜け、鎌倉までやってきた。たった今、鶴岡《つるがおか》八幡宮に祈りを捧げてきたところだ。

宗次郎にしてみれば、二泊三日の遊山旅という気分ではあるまい。

なぜなら、惚れぬいた相手と邂逅《かいこう》できるかどうかの保証はないからだ。

長大な参道沿いに『田毎《たごと》の月』という信州蕎麦の看板をみつけ、油で黒ずんだ紺色暖簾を振りわける。

新蕎麦の香りがふわっと漂い、空腹であることをおもいださせた。

昼餉の頃合いだが、客はおもったより少ない。

蕎麦が茹であがるまでは、嘗め味噌で冷や酒を楽しむ。

注文した盛り蕎麦は五寸蒸籠《せいろ》に麺の輪が六つ、それが一人前である。

ふたりは嚙まずに蕎麦を流しこみ、喉越しで心ゆくまで新蕎麦を味わう。

そのあいだも、蔵人介は見世の入口にそれとなく注意を払っていた。

「拙者も気づいておりました。保土ケ谷宿のあたりからずっと」

何者かの気配が、背中にまとわりついていたのだ。

「わしは品川《しながわ》から気づいておったぞ」

「日本橋大路で襲ってきた忍びでしょうか」

「かもしれぬ」

「鬱陶《うっとう》しゅうござりますな」

宗次郎は溜息を漏らす。

するとそこへ、蟹のようなからだつきの男が暖簾を分けてあらわれた。

串部である。

「やあやあ、どうも。遅いお越しで」

埃《ほこり》まみれの顔で笑い、店の主人に蕎麦を注文する。

あらかじめ、この蕎麦屋で待ちあわせをしていたのだ。

「灘文のやつ、まんまと誘いに乗りましたぞ」

串部は宗次郎の啜る蕎麦の香りを、犬のようにくんくん嗅ぐ。

「ぬへへ、良い香りだ。さすが、信州更科《さらしな》の新蕎麦でござる」

行楽地の鎌倉には関八州《かんはっしゅう》とその近辺から多くの食い物屋が集まっており、信州の蕎麦屋もそのひとつだった。

注文した蕎麦が運ばれてきた。

大食漢の従者は箸でたぐって喉に流しこみ、たちまちのうちに平らげてしまう。

「それで、灘文は何処におる」

蔵人介の問いに応じるべく、串部は冷や酒を一気に呷った。

「巨福呂坂《こぶくろざか》の切通《きりどおし》にござります」

どうやら、東慶寺にいたる道筋に罠を仕掛けているらしい。

「灘文はみずから、素浪人どもを引きつれてまいりました。野良犬の数は十を下りますまい。宗次郎さまの首に賞金まで懸けておるようで」

宗次郎は箸を措《お》き、串部に顔を向ける。

「この首がいくらになる」

「ふふ、五十両だそうです。ずいぶん安くみられましたな」

宗次郎は口を尖らせ、心配そうに尋ねた。

「東慶寺に先駆けされる恐れは」

「それはござりますまい。かの寺は厳格な尼寺ゆえ、どれだけ金を積もうが、男は山門の内に入れてもらえませぬ」

入れてもらえぬのは灘文にかぎったことではなく、宗次郎も同じことだ。事前に報せているわけでもなく、いったん寺へ駆けこんだ夕霧が会ってくれる保証はなかった。

一抹の不安を抱えながらも、宗次郎は邂逅できると信じている。

「さて、腹ごしらえも済んだことですし、そろりとまいりますか」

串部は気軽に言い、蔵人介に勘定を任せてさきに外へ出る。

ようやく活躍の場を与えてもらえそうなので、嬉しくてたまらない様子だった。

三人は『田毎の月』をあとにした。

陽光はまだ高く、急ぎ足で歩くと汗ばんでくる。

深紅《しんく》の七竈《ななかまど》、黄色の岳樺《だけかんば》、目に映る山々は錦繡《きんしゅう》に彩られ、ひんやりとした空気すら荘厳《そうごん》なものに感じられた。

源頼朝《みなもとのよりとも》の妻女である北条政子《ほうじょうまさこ》が鎌倉幕府を支えていたころ、臨済宗《りんざいしゅう》の開祖栄《えい》西《さい》を京からこの地へ招いた。それゆえか、周囲には禅寺が多い。臨済宗総本山の建《けん》長寺《ちょうじ》は、巨福呂切通を抜けたさきにある。

ほどなくして、切通がみえてきた。

不動明王を象《かたど》った道祖神が、進むべき道に導いてくれよう。

切通に踏みこむと、空は一転して掻き曇り、行く手に暗雲が垂れこめた。

行き交う旅人もみあたらない。

だが、野良犬どもの臭気は濃厚に漂っている。

串部は鼻歌を歌い、宗次郎は頰を緊張させた。

灘文が夕霧に撲る蹴るの乱暴をはたらいたことは、店の奉公人たちがちゃんとみている。達筆な狭霧に古筆を写させ、用無しとみてとるや、段六に命じて死にいたらしめたのも、灘文にまちがいなかった。

「生かしておけば、世のためにならぬ」

宗次郎は、自分の手で灘文を斬るのだと決めている。

ひりつくような緊張が、かたわらの蔵人介にも伝わってきた。

切通の曲がり角まで達したとき、野良犬どもがぞろぞろあらわれた。

一団のなかに旅装束の灘文もおり、後方から叫びかけてくる。

「来たな、人殺しどもめ。うぬらが鮫島さまを殺ったのは、先刻承知なのだぞ」

「だから、どうした」

串部が威嚇するように前歯を剝くや、金で雇われた野良犬どもは一斉に刀を抜きはなった。

「殺れ、殺っちまってくれ」

灘文に煽られ、野良犬どもは刀を曇天に突きあげる。

「うおおお」

雄叫びをあげ、どっと駆けよせてきた。

蔵人介と宗次郎は左右に分かれ、串部だけが突出していく。

まるで、一本槍のようだが、この男の使う技は突きではない。

愛刀の同田貫《どうたぬき》を抜きはなち、低く沈みこむや、ひとり目の臑を刈った。

「ぐひぇ……っ」

棒杭のように、臑が飛ぶ。

武骨な同田貫の斬れ味は鋭い。

しかも、両刃に打ちなおしてあった。

ふたり目、三人目と擦れちがうたび、おもしろいように臑が飛ぶ。

柳剛流の臑斬りは、野良犬どもを震撼させた。

所詮は、金で雇われた連中にすぎぬ。

命を落とすのがわかっているのに、挑むほどの義理はない。

残った連中は牙を納め、尻尾を巻いて逃げだすしかなかった。

蔵人介と宗次郎は静観をきめこみ、刀すら抜いていない。

串部だけが荒い息を吐き、たったひとりになった灘文に迫った。

「……ま、待て。おぬし、金は欲しくないか。貧乏旗本よりこっちに仕えたほうが、どれだけ実入りがよいかわからぬぞ。後ろのふたりを斬れば、百両やろう。いや、千両でもいい。約束する。命を助けてくれたら、千両出そう」

串部は血振りを済ませて納刀し、後ろの宗次郎を振りかえる。

「だとさ」

それを合図に、宗次郎は脱兎《だつと》のごとく駆けだした。

串部を風のように追いこし、腰の刀を抜きはなつ。

「死ね、悪党」

刹那、灘文の首が飛んだ。

高々と宙に飛び、切通の崖から突きだした枯れ木の枝に刺さる。

串刺しだ。

幹が大きく撓《たわ》んでも、落ちてこない。

「まるで、百舌鳥《もず》の早贄《はやにえ》だな」

と、蔵人介が冷静につぶやいた。

一方、肥えすぎた首無し胴は、斬り口から夥しい血を噴きあげ、後ろ向きに倒れていった。

「お見事にござる」

串部に褒められても、宗次郎はうつむいたままだ。

小刻みに震えるその肩に、蔵人介は黙って手を置いた。

気がつくと真正面に、大きな夕陽が赫奕《かくやく》と輝いている。

三人はぬかるんだ切通の道を抜け、建長寺を右手に仰ぎつつ、さきを急いだ。

十三

東慶寺は建長寺と同じく、臨済宗の禅寺である。

虐《しいた》げられた女たちの寄る辺、崖っぷちまで追いつめられたおなごがわずかな望みを繋ぐために頼るところだ。

山門までは、長い石段がつづく。

見上げるほどの石段が、女たちにとっては最後の難所となった。

途中で追っ手に捕まれば、ふたたび、生き地獄へ戻らねばならぬ。

ただし、山門の向こうへ履き物の片方だけでも投げこめば、入山は認められる。

夕霧は灘文のもとから逃げ、ここまで疲れきった足を引きずった。

廓育ちのひ弱な身で、よくぞ逃げきったというよりほかにない。

夕霧の苦労をおもってか、宗次郎は石段を上りながら、しくしく泣きはじめた。

「女々《めめ》しいのう。そんなことでは、寺に入れられてしまいますぞ。おなごとまちがわれてのう」

陽気な串部の台詞が少しは救いになったようで、宗次郎は涙を拭いて上を向く。

蔵人介は足を止め、後ろを振りかえった。

ずっとまとわりついていた影を捜す。

「おらぬようだな」

串部がこれに反応した。

「殿のおみたてどおりだとすれば、宗次郎どのが江戸におるのは危ういですな」

「危ういのは、江戸にかぎるまい。大奥が本気になれば、日の本津々浦々、何処に逃げても逃げ場はないさ」

「まだ、本気ではないと」

「探りを入れているところだろう」

味方になる人物なのか、それとも、敵となる人物なのか。

本丸の大奥を牛耳る姉小路も、西ノ丸の大奥に君臨する敷島も、宗次郎との間合いを冷静に計っているところにちがいない。

ともあれ、こちらから仕掛けるはなしではなかった。

相手が牙を剝くようなら、こちらも牙を剝けばよい。

それだけのはなしだ。

先に行く宗次郎に追いつこうと、ふたりは石段を一段抜かしに上りはじめた。

と、そのとき、茅葺《かやぶ》きの簡素な佇まいをみせる山門のかたわらに、尼僧のすがたをみとめたのである。

「……ゆ、夕霧か」

嗄れた声で叫んだのは、宗次郎であった。

石段を一段上がるごとに、ふたりの間合いは縮まっていく。

白い衣を纏った夕霧は剃髪《ていはつ》し、透きとおるような肌を夕陽に染めていた。観音菩薩のごとき神々《こうごう》しいすがたに、おもわず、三人は跪《ひざまず》きたくなる。

「宗次郎さま」

菩薩の口から、おもいびとの名が漏れた。

だが、夕霧は山門から一歩たりとも出ることはできない。

宗次郎も山門の内へはいることを許されず、ふたりを分かつみえない結界《けっかい》が立ちはだかっていた。

「夕霧よ」

宗次郎が手を差しのべても、夕霧は応じてくれない。

「触れれば、ときが戻ってしまう。わたくしは、それを恐れます」

きつく抱きしめられたいおもいを抑え、心の平静を取りもどそうと、瞑目して経を唱えだす。

宗次郎は伸ばした手を、力無く引っこめるしかなかった。

「数日前、意を決し、わたくしのことを案じているだろうと、吉原の粂三宛てに文を出しました。そして昨日、今戸寮のおしまさんから届いた文で、粂三と狭霧が亡くなったのを知りました。おまえさまが江戸へお戻りになったことも」

「それで、待っていてくれたのか」

「昨日からずっと、待っておりました」

「……ゆ、夕霧」

ふたたび、宗次郎は手を伸ばしかけ、夕霧にきっぱりと拒まれた。

「今は、円月《えんげつ》と名を変えました」

「……え、円月」

「はい。剃髪した身ゆえ、殿方とは添いとげられませぬ。ほとけに仕えることが、わたくしの幸福なのでございます。ただ、おまえさまにお会いして、申しあげねばならぬことがございました。母《はは》さまのことでございます」

「えっ」

驚く宗次郎の顔をみつめ、円月と名を変えた夕霧は静かに語りだす。

「おまえさまをお産みになってすぐに亡くなられたと、わたくしもずっと信じておりました。されど、母さまは生きておられたのです。尼僧として、長らくこの東慶寺でお暮らしになっておられました」

あまりに衝撃が大きすぎ、宗次郎はひとことも発することができない。

「驚かれるのも無理はありますまい。わたくしもご住職からその秘密をお聞きしたときは、ことばを失ってしまいました。母さまは英月《えいげつ》さまと仰います。東慶寺へ入山する以前は、吉原で書を教えておられたそうです。これも因縁と申すしかございませぬ。わたくしや狭霧の育った吉原に、あなたさまの母さまもおられたのです。どうぞこれを」

夕霧は袖口から紙を取りだし、白魚のような手で差しだす。

宗次郎は紙を受けとって開き、書かれた文字を目でたどった。

たどっているうちに、手の震えを止められなくなってしまう。

紙には、流麗な筆跡で藤原定家の和歌が書かれていた。

「来ぬ人をまつほの浦の夕凪に焼くや藻塩の身もこがれつつ。英月さまの書かれた和歌にございます。ご住職によれば、母さまはさるお方の御子を産みおとしてすぐに御子と引きはなされ、大奥のお偉い方から『おぬしは死んだことにするゆえ、城から出ていけ』と、無情にも命じられたそうにございます。母として子に会えぬ苦しみに耐えきれず、母さまは毎夜のように泣いておられたそうです。母さまにとって来ぬ人とは、宗次郎さま、あなたさまなのでございますよ」

宗次郎は、膝をがくがく震わせている。

それでも夕霧は、はなしを止めない。

「わたくしは英月さまの生き方に感銘を受け、御名から月の一字をいただきました。されど、まだお会いしたことがございませぬ。英月さまは三年前のちょうど今ごろ、東慶寺から去られたそうです。この山門を潜り、たったひとりで石段をお下りになったのでございます。御仏が夢枕にあらわれ、下山するようにとのおことばがあったからだと聞きました。ご真意は、ご住職もおわかりではありませぬ。引き留めようとしたものの、ご意志があまりにも固く、かなわなかったとのことにございます。母さまのこと、どうしても、おまえさまにお伝えせねばならぬと、お待ちしておりました。御仏のお導きでおふたりの邂逅が達せられますよう、わたくしは毎日お祈りしたいとおもいます」

夕霧は両手を合わせてお辞儀をし、滑るように遠ざかっていった。

夢のような出来事と感じたのは、宗次郎だけではない。

蔵人介も天上界の入口で立ち往生しているような錯覚を抱いた。

はからずも、心の底から会いたいと望んでいた相手の口から告げられたのは、産みの母に関わる秘密であった。母が生きているかもしれぬという事実に、宗次郎は押しつぶされてしまいかねない。

夕焼けの彼方をのぞめば、烏《からす》の親子が飛んでいる。

東慶寺は深閑《しんかん》として、人の気配すら感じられない。

落日の瞬間、山門は燃えあがるように赤く染まった。

やがて、あたりは薄闇に包まれ、ひとしお身に沁《し》みる海風が吹きあげてくる。

三人は途方に暮れたように佇み、しばらくのあいだ、山門のそばから離れられなかった。

光文社文庫

文庫書下ろし／長編時代小説

一《いち》　命《めい》　鬼役《おにやく》 〔十六〕

著者　坂《さか》　岡《おか》　真《しん》

2015年9月20日　初版1刷発行
2024年10月30日　2刷発行

発行者　三宅貴久
印刷　大日本印刷
製本　大日本印刷

発行所　株式会社　光文社
〒112-8011　東京都文京区音羽1-16-6
電話（03）5395-8149　編集部
8116　書籍販売部
8125　制作部


ISBN978-4-334-76971-0　Printed in Japan



組版　萩原印刷

## 鬼役メモ

キリトリ線

画・坂岡 真

※ページ内側にあるキリトリ線で切って、備忘録にお使い下さい。

キリトリ線

## 鬼役メモ

画・坂岡 真

※ページ内側にあるキリトリ線で切って、備忘録にお使い下さい。

## 鬼役メモ

画・坂岡 真

※ページ内側にあるキリトリ線で切って、備忘録にお使い下さい。

キリトリ線

キリトリ線

## 鬼役メモ

画・坂岡 真

※ページ内側にあるキリトリ線で切って、備忘録にお使い下さい。

## 鬼役メモ

画・坂岡 真

※ページ内側にあるキリトリ線で切って、備忘録にお使い下さい。

キリトリ線

キリトリ線

## 鬼役メモ

画・坂岡 真

※ページ内側にあるキリトリ線で切って、備忘録にお使い下さい。